Le goût
du bonheur

Luc Mercier

Le goût du bonheur

Stanké

Données de catalogage avant publication (Canada)

Mercier, Luc

  Le goût du bonheur

  ISBN 2-7604-0584-2

  I. Titre.

PS8576.E689G68 1997   C843'.54   C97-940845-8
PS9576.E689G68 1997
PQ3919.2.M47G68 1997

Couverture : Paul Peel (*illustration*)
            Standish Communications (*conception graphique*)
Infographie : Tecni-Chrome

Les éditions internationales Alain Stanké remercient la SODEC et le Conseil des Arts du Canada de l'aide accordée à leur programme de publication.

© Les éditions internationales Alain Stanké, 1997

ISBN 2-7604-0584-2

Dépôt légal : Bibliothèque nationale du Québec, 1997

Les éditions internationales Alain Stanké
1212, rue Saint-Mathieu
Montréal (Québec) H3H 2H7
Tél.: (514) 935-7452
Téléc.: (514) 931-1627

IMPRIMÉ AU QUÉBEC (CANADA)

À ceux qui croient que la bonté
finit par chasser le malheur

Le mot de l'éditeur

«La vie est un roman.»

L'histoire que vous allez lire est VRAIE... à ce détail près qu'elle n'est pas exacte. Vraie, parce que l'auteur y raconte la vie mouvementée d'un enfant québécois, lors d'un passé pas si lointain, et inexacte parce que certains détails ont été changés dans le but de protéger les innocents (pas trop nombreux, hélas), les susceptibles ou les deux à la fois.

Avant d'entreprendre la lecture de ce livre il faut savoir que si son auteur s'est parfois autorisé à utiliser son imagination, ce n'est pas pour le plaisir de romancer mais plutôt pour atténuer ou enjoliver la réalité afin de rendre plus supportables les passages du récit dont la cruauté risquerait de choquer la sensibilité du lecteur.

Ce récit romanesque prouve que la réalité peut dépasser la fiction.

Lorsque le manuscrit me fut présenté, j'ai tout de suite compris que son auteur ne l'avait pas écrit dans l'unique but de se faire plaisir. Je sais donc (parce qu'il me l'a dit) tout ce qui est rigoureusement vrai dans ce récit et ce qui est retouché. On se demandera sans doute comment, quelques décennies plus tard, une victime peut bien accepter de protéger ceux qui furent ses bourreaux. J'ai posé la question à l'auteur. Son explication est simple : «Je suis convaincu, dit-il, que si on grattait un peu, on finirait par trouver de la bonté en chacun de nous...»

N'est-ce pas ainsi que vivent les vrais héros?

En refermant le livre vous voudrez savoir ce qu'il est advenu de ce petit garçon à qui la vie avait oublié de sourire. Rassurez-vous! Après avoir longuement pratiqué seul devant un miroir, il a appris à sourire. Aujourd'hui, les yeux pleins de soleil et d'humilité, il sourit à la vie. Bon et généreux, l'homme qu'il est devenu ne vit plus sur les regrets, les rancunes ou la vengeance. Il a trop souffert, avoue-t-il, pour faire souffrir les autres.

Enfant, il a appris à être seul. Cela ne veut rien dire pour ceux qui ne l'ont pas été. On peut tout de même imaginer la dose de courage qu'il lui aura fallu pour se fabriquer des anti-corps à la douleur.

Son entreprise de mise à nu n'a pas dû lui être facile. On sait que le souvenir de la douleur est de la douleur encore... Sa contribution est d'autant plus précieuse et nourrissante qu'elle autorise tous les espoirs. Elle prouve hors de tout doute que lorsque quelqu'un veut s'en sortir et qu'il a la chance d'avoir l'amour d'une mère ou de rencontrer sur son chemin le regard attentif de quelques êtres sensibles, il pourra toujours être sauvé et *réussir* sa vie.

J'affirme que l'auteur, qui a beaucoup d'affinités et de ressemblances (pour ne pas dire plus) avec le petit héros de cette troublante histoire, a réussi non seulement dans la vie mais qu'il a aussi parfaitement réussi sa vie. Depuis qu'il est sorti de son enfer, il organise chacune de ses journées comme il organiserait une fête. Que dire de plus de cet homme hors du commun qui n'est jamais tombé dans la dépression? Qu'il est lumineux, qu'il a quatre enfants, qu'il change souvent d'auto mais qu'il a toujours la même femme.

J'oserai commettre une dernière indiscrétion en ajoutant qu'il est juge (à la retraite) de son état et qu'à ce titre il ne cesse de s'interroger sur les injustices de la justice, sur l'absurdité de certaines lois, et qu'il s'intéresse passionnément aux domaines fragiles qui fissurent notre société.

Vous avez peut-être même déjà entendu parler de lui. Il est le juge qui permettait aux accusés de rester assis au tribunal lors de leurs comparutions car il sait bien, lui qui porte le plus grand respect aux êtres, qu'il faut parfois bien peu de choses pour qu'on se retrouve dans le même palais, non pas à la place du juge mais à celle de l'accusé...

ALAIN STANKÉ

Avant-propos

Contrairement aux habitudes des romanciers, je me permets une sorte d'*avant-propos* qui, à première vue, peut sembler inutile. Mais je veux fournir un minimum d'explications, sinon sur les secrets, du moins sur le caractère ou le comportement étranges de mes héros.

La méchanceté est comme une tache sur la peau : elle peut disparaître aussi vite qu'elle y est apparue. Elle ne fait généralement pas partie de l'essence humaine.

En tout cas, j'ai ainsi perçu les méchants qui, selon les circonstances ou le contexte où ils cherchent à évoluer, changent du pire au mieux et, étonnamment, du jour au lendemain. En apparence, avant de le manifester, longtemps à l'intérieur d'eux-mêmes, ils cheminent vers le changement.

Aussi, sans oublier leur malfaisance, il vaut mieux la leur pardonner, pour soi comme pour les autres. La rancœur ou la vengeance sont une faiblesse, tandis que le pardon est une force qui permet de réserver ses énergies pour avancer, pour réussir son idéal et pour se sentir bien. Il est heureux et raisonnable de faire du bien aux autres, même aux vilains importuns.

Dans la vie, dans l'histoire et même chez les vertueux, j'ai rencontré des personnages qui, comme par miracle ou tout bonnement, à l'occasion d'une épreuve, se sont transformés de bandits ou débauchés en saints, en hommes honnêtes.

Pourquoi cette magie ne jouerait-elle pas dans un roman comme dans la réalité ? Il ne faut s'étonner de rien ni désespérer de personne.

Je raconte des aventures qui surprennent le lecteur, des histoires peut-être singulières d'êtres insignifiants ou extra-ordinaires. Je peins les mœurs et les passions d'un pays, d'une époque. J'imagine ou je portraiture des individus parfois semblables aux hommes ou aux femmes que j'ai observés, interrogés, aimés en essayant d'en améliorer certains sans trop m'éloigner du vrai.

Je ne m'identifie pas au narrateur ni aux autres acteurs des scènes de ce livre. J'utilise simplement la première personne pour me faciliter la tâche et favoriser la com-préhension des personnes qui me liront.

Il n'en reste pas moins que cet ouvrage, avec tout son monde *déconcertant*, est un roman, au sens le plus pur du terme.

L'AUTEUR

CHAPITRE PREMIER

Le collège

*L'homme accompli doit avoir passé
trois ans au collège,
un an à l'université
et deux ans en prison.*

PROVERBE RUSSE

De peine et de misère, j'avais entrepris de réaliser mon rêve d'enfant le plus cher et, sans doute, plutôt inusité. J'avais réussi à me rendre jusqu'au collège pour y poursuivre des études, que j'espérais prometteuses d'une vie enrichissante, paisible, exaltante et généreuse. Je m'étais approché de cet idéal ambitieux et bien risqué pour un orphelin démuni.

Par surcroît et par hasard, un personnage célèbre du dix-neuvième siècle, un historien-philosophe, s'était mis en travers de mon chemin du bonheur.

Il était né sur les côtes de Bretagne, en France, dans le village de Tréguier, qu'illustrèrent saint Tugdal et surtout saint Yves, le patron des avocats.

Il fréquenta le petit et le grand séminaires. Il faillit devenir prêtre. Il garda de sa formation religieuse une inclination à se dévouer pour les autres. Il fonda même La Soupe populaire, une organisation destinée à l'action charitable.

Il étudia les langues et la religion. Un séjour au Liban et en Palestine lui inspira l'*Histoire des origines du christianisme*, dont le premier volume portait sur la *Vie de Jésus*. Il essayait d'y justifier une opinion préconçue : pour lui, le Christ était un grand prophète mais ne serait pas un Dieu.

En conséquence, je l'appris bientôt, ce livre avait été mis à l'Index, un catalogue séculaire de l'Église catholique, aboli en 1966, qui prohibait la lecture de certains ouvrages.

Et l'auteur, Ernest Renan, subit la destitution de sa chaire d'hébreu au Collège de France. C'était un mauvais présage ou plutôt un malheureux exemple pour moi.

Je venais d'entrer au collège Botrel. Pendant un congé, dans une librairie de livres d'occasion du village, j'avais innocemment acheté, parmi d'autres bouquins, cette *Vie de Jésus* de Renan, que je ne savais pas scandaleuse ou interdite.

Avant d'en faire la lecture, conformément aux règles de l'établissement, j'étais allé soumettre ma boîte d'achats livresques au directeur, l'abbé Octave Mouret qui, y découvrant cet objet diabolique, créé par Renan, rougit de colère et me lança :

« Tu veux donc introduire le diable dans notre sainte maison, petit mécréant ! Tu te permets de lire des livres qui ternissent l'éclat de notre religion. Tu mérites la porte ! »

Il ne voulut rien entendre. Je ne pus m'expliquer ni le comprendre. Je tentais de lui raconter par le menu détail comment j'avais effectué cette acquisition. J'aurais voulu lui dire comment et pourquoi j'en étais venu à vouloir étudier, et à m'enrichir l'esprit en lisant des livres.

Dès l'âge de cinq ans, j'avais lavé les planchers de l'orphelinat et, peu à peu, j'y avais assumé d'autres besognes. À sept ans, j'avais quitté cette institution, j'avais travaillé comme bûcheron, ouvrier agricole, ouvrier d'usine. J'avais un vague souvenir de la tendresse de ma mère et je n'en avais point connu d'autre. Je ne savais rien des jeux d'enfant ni du tableau noir de l'école. Je n'avais reçu ni instruction ni éducation.

Toutefois, avec une certaine nostalgie, je me rappelais que les religieuses de l'orphelinat nous faisaient la lecture de belles et saintes histoires pendant les repas. J'avais eu le loisir d'apprendre clandestinement à lire et à écrire chez l'institutrice du village de Sartigan, Mlle Saint-Cyr, à qui je rendais de petits services. Ces expériences avaient éveillé mon appétit intellectuel.

J'avais le goût du bonheur qui, pour moi, se résumait à m'instruire, à apprendre, à savoir. Je pourrais ainsi m'éloigner de l'indifférence, de l'incompréhension, de la brutalité des adultes; et me rapprocher des livres, de la compréhension et de l'amour du prochain, du plaisir de la connaissance et de l'art d'être utile.

J'avais subi moult privations, peines et misères pour entreprendre la réalisation de mon idéal. Et voilà que ce cher Renan, par cet ineffable Mouret, y mettait brutalement un frein.

«D'ailleurs, précisa le directeur, ce n'est pas la première fois que tu nous mens. Je viens de découvrir que tu t'es inscrit et que tu es entré dans notre sainte institution sous le faux nom de Claude Roy. Je suppose que tu avais quelque chose à cacher. Quelle fourberie!

«Je vais brûler ton Renan. Reprends tes guenilles et déguerpis au plus vite», conclut-il avec rage.

***

Dès que j'eus passé le seuil de sa porte, l'abbé Octave s'empressa de téléphoner à l'ami de tous, au roi de la Beauce:

«J'ai une bien mauvaise nouvelle à t'apprendre, mon cher Ésiof, dit-il. Imagine-toi que, sans le savoir, nous hébergions le petit voyou qui avait travaillé chez toi et que tu cherches sans doute. En mon absence, l'abbé Justin, sans vérification, avait accepté ton Jean Dulac sous le faux nom de Claude Roy. Je le tiens à ta disposition au parloir. Viens le plus tôt possible nous en débarrasser.

— Il va me le payer cher, le petit salaud ! » répliqua le tout-puissant Ésiof Bardouche, un tyranneau qui faisait la pluie et le beau temps dans la vallée beauceronne et même au-delà. »

Il se montra surpris, en apparence seulement. Il s'était toujours bien douté de l'endroit où son petit esclave s'était réfugié. Mais il avait de bonnes raisons de l'oublier.

Malgré tout, il ne le laissa point paraître. Au contraire, il voulait donner l'impression qu'il prenait l'affaire à cœur et qu'il assumait ses responsabilités.

« La loi, c'est la loi, ajouta-t-il. Comme un directeur de collège, un employeur a droit à l'obéissance et au respect. N'est-il pas vrai que l'autorité vient de Dieu ? Je vais donner une bonne leçon à ce petit chenapan. J'arrive ! »

Bardouche fit un crochet par le palais de justice de Sartigan, le village le plus important de la Beauce. Sous un vague prétexte légal, il dicta au juge Tabotin, qui lui devait son siège, un mandat d'arrestation contre Jean Dulac. Dès qu'il en fut muni, comme s'il représentait la justice, il convoqua deux gendarmes pour se faire conduire au collège.

Accueilli à bras ouverts par son ami, l'abbé Octave, il prit livraison de la marchandise, si l'on peut dire.

Menotté, je fus jeté sur la banquette arrière de la voiture de police. Mon ancien maître, assis à côté, me lança la fumée de son cigare au visage tout le long du voyage.

Je me demandais où on allait m'emmener et pourquoi.

***

Je me suis bientôt retrouvé dans le cabinet de travail d'un vieil homme qui semblait réfléchir profondément, la tête penchée sur un gros livre. Le juge finit par lever les yeux. Il me dévisagea. Réprobateur, sans me poser une seule question, il me condamna :

« Tu vois où ça mène de vouloir jouer au plus fin. Tu devras subir les conséquences de ton mépris de la loi, de l'ordre et de l'autorité. Je n'ajouterai pas à ta honte en te rappelant la raison de ta présence ici.

— Mais, monsieur, je n'en sais rien.

— Petit malin, je vais te lire l'article 361 du Code pénal : *Est coupable d'un acte criminel et passible d'un emprisonnement de quatorze ans toute personne qui, frauduleusement, se fait passer pour une autre.* N'est-ce point ton cas ? N'as-tu pas volé le nom de M. Claude Roy ?

—S'est-il plaint ? Je ne crois pas lui avoir causé de tort ni avoir commis une fraude. Je n'en avais sûrement pas l'intention.

— Je suis le juge. Je n'ai pas à répondre à tes questions. Te penses-tu au-dessus des lois ? En temps et lieu, tu raconteras ton histoire au tribunal et j'en disposerai. En attendant, tu vas réfléchir dans la cellule 130, de triste mémoire. »

Libéré des menottes, je fus emprisonné.

***

Le geôlier, qui avait l'air d'un bon père de famille, vint m'entretenir discrètement :

« Ne t'en fais pas trop, mon enfant, tout finit par s'arranger. Tu n'as sans doute pas les moyens de communiquer avec un avocat, mais je vais essayer de t'aider. Patiente un peu. Il y a des élections en cours. Les citoyens sont écœurés de la corruption politique. Bien des choses peuvent changer, y compris la justice, je l'espère.

— Je vous remercie.

— Tu te demandes pourquoi je te parle comme à mon fils et pourquoi j'ai pitié de toi. C'est que j'ai bien connu ta mère. Une sainte femme ! J'ai été son gardien ici. Elle m'avait confié son journal. Comme toi, on l'a injuriée. On l'a accusée. On l'a emprisonnée dans la cellule que, par hasard, tu occupes à ton tour. »

Cette attitude humaine contrastait avec l'incompréhension brutale du directeur, qui m'interdisait l'instruction, qui se montrait aussi injuste envers moi qu'envers Ernest Renan.

Plus tard, l'abbé Justin, mon ami qui m'avait inscrit au collège, me fit comprendre que ce grand écrivain, parfait honnête homme, avait commis une erreur fondamentale dans sa *Vie de Jésus*, du point de vue de l'Église et des catholiques, mais que, par ailleurs, il avait aussi fait beaucoup de bien.

Ce grand homme, qui soutenait une thèse réfutée par l'Église, respecté dans sa Bretagne natale, n'était tout de même pas l'odieuse et diabolique personne que m'avait décrite le directeur et qui m'avait valu ses foudres.

Je ressentais une certaine sympathie pour ce personnage qui, comme moi, dans la vie, avait partagé l'injustice et l'exclusion.

Mais revenons à mon brave gardien.

« Après son départ de ce monde, ajouta-t-il, j'ai appris la persécution et la cruauté que ta mère avait subies. J'ai lu son journal. Je l'ai conservé. Il me fait plaisir de te le remettre.

« Je te raconterai aussi ce que je sais de son histoire, qui est une partie de la tienne. Je copierai pour toi les documents du palais qui peuvent t'intéresser. Je doute qu'on te les laisse consulter. Moi, je peux me le permettre, à l'insu de l'autorité.

« En faisant appel à tes propres souvenirs comme à ces renseignements, tu pourras mettre de l'ordre dans tes idées ou, du moins, enrichir ton imagination pendant ton séjour dans cette maison ou dans ce triste village, et surtout te représenter vraiment ta pauvre mère et le temps où elle a vécu.

« Un jour, peut-être, tu pourras, au bénéfice des autres, reconstituer le roman de ta vie, si je puis dire, autour de son drame, de la tyrannie d'Ésiof Bardouche et, sans doute, de ta propre misère qui ne fait que commencer. »

Voilà comment je peux vous raconter l'histoire de mes jeunes années, pendant lesquelles, même si je ne pouvais le savourer, j'avais le goût et ma petite idée du bonheur.

Selon le registre de l'état civil, je suis né le dix-sept avril 1926, dans la paroisse Saint-Antoine de Sartigan, au cœur de la vallée québécoise de la Chaudière qui se jette dans le fleuve Saint-Laurent, près de Québec. Et j'eus pour parrain Ésiof Bardouche.

Mon père, Joseph Dulac, d'une famille bourgeoise, c'est-à-dire riche, agriculteur et marchand général, n'avait point d'instruction. Il savait à peine lire et signer son nom. Cependant, il épousa une fille de son rang, Isabelle Roy, maîtresse d'école, diplômée de l'École normale.

C'était à l'époque de la grande crise économique des années 30, pendant laquelle le peuple, faute de travail, crevait de faim; pendant laquelle même les banques faisaient faillite. Les États-Unis voisins avaient prohibé la fabrication et la vente de l'alcool: ce qui avait donné un élan nouveau à la pègre et un essor considérable à la contrebande entre la Beauce québécoise et les États frontaliers américains. Un dictateur raciste, Adolf Hitler, se faisait démocratiquement élire chancelier d'Allemagne et préparait la Deuxième Guerre mondiale, celle de 1939-1945.

Le Québec, agricole et catholique, vivait de foi, d'espérance et de charité, sous la tutelle d'un clergé austère, autoritaire et généreux.

Cette image de paix et de malheur se trouvait encore abîmée par la présence et l'influence néfastes du tyran de la Beauce, Ésiof Bardouche, qui exploitait et méprisait son monde et qui m'avait adopté comme souffre-douleur.

Le sachant mêlé au tripotage de la justice, et aux ennuis d'Isabelle Roy-Dulac, le gardien de prison lui rendait bien prudemment son mépris.

Par la faute de ce tout-puissant personnage, j'avais dû vite sortir du collège où je venais d'entrer.

J'avais rêvé de m'instruire pour comprendre, pour aimer, pour être aimé et pour rendre service à mon prochain. J'avais le goût de ce bonheur étonnant et simple de l'instruction; mais, orphelin, malade et pauvre, je n'y avais sans doute pas droit.

J'avais failli être en bonne santé, riche, bien éduqué, et même américain.

À l'âge de deux ans, je m'étais éloigné de la maison familiale. Je marchais sur le Grand Chemin de la Beauce, devenu le boulevard Kennedy en l'honneur du président assassiné. Une touriste descendit de sa luxueuse Ford et me prit dans ses bras. Au même moment, ma mère sortit de sa maison, cria et, affolée, courut m'arracher des bras de l'étrangère.

Je dus donc rester au bord de la *rivière ombrageuse*, ainsi que les Abénaquis appelaient la Chaudière, qu'ils avaient empruntée pour fuir les colons anglais du Sud et se réfugier en terre française.

Là, depuis le milieu du dix-huitième siècle, vivaient des Québécois venus de la Côte-de-Beaupré. Grâce à l'un d'eux, un dénommé Allard, originaire de la région de Chartres, en France, et en souvenir de l'exclamation de François 1er qui, devant la splendide plaine boisée du bassin parisien, s'était écrié: «Beau ce pays!», une partie du territoire français et de la vallée québécoise de la Chaudière portent le nom de Beauce.

Mais pour ma mère et pour moi, petit damné de la terre, loin d'être un *beau* pays, c'était un horrible enfer dominé par ce lucifer de Bardouche, qui m'empêchait de poursuivre mon idéal et de m'instruire.

CHAPITRE II

Le roi de la Beauce

Ce personnage original, robuste, séduisant, hypocrite, déconcertant, tendre, était en même temps et à contretemps tout le contraire : conformiste, faible, déplaisant, rassurant, loyal et dur, selon les circonstances ou son intérêt. En un certain sens, c'était un homme extraordinaire et un monstre de contradiction.

Il aimait s'entourer de mystère et il devait bien y trouver son compte. Il était né à Québec, paraît-il, le trois juin 1895, sous le nom étrange d'Ésiof Bardouche. Personne, cependant, ne s'était donné la peine de vérifier son identité ni son cheminement personnel.

Comme un extraterrestre, il surgit un jour dans la paisible vallée beauceronne qui s'ennuyait. Il s'empressa d'y instaurer à la fois le paradis et l'enfer.

C'était un colosse efflanqué. Par rapport à sa taille démesurée, sa petite tête grisonnante paraissait ridicule. Ses yeux minuscules, gris, mais assez près du bleu pour ne pas être ternes, brillaient doucement sous ses sourcils en broussaille. Son nez, mince et pointu, s'alignait sur son menton légèrement en galoche. De son visage presque triangulaire se dégageait la finesse du renard.

Politicien manqué, pour avoir l'air d'un homme du peuple, il s'habillait parfois à la manière des paysans beaucerons. Selon les saisons, il portait le chapeau de paille ou la tuque et les chaussettes de laine ; les moufles de fourrure et les bottines de peau de vache ou de beaux souliers vernis. Le pantalon de flanelle gris ou la salopette bleue complétait son accoutrement.

Dans les circonstances spéciales, pour le besoin de ses causes ou de ses rôles, il se présentait bien endimanché à l'église, en voyage, au palais de justice, dans toutes les grandes cérémonies, comme il se plaisait à le dire. L'hiver, on l'admirait avec son bonnet et son manteau de castor ; et, l'été, dans un beau complet de tweed, assorti d'une chemise blanche et d'une cravate noire.

Le dimanche, le premier vendredi du mois et les autres jours de fêtes religieuses, il se rendait à l'église Saint-Antoine, en compagnie de la douce Cécile, sa femme. Il aimait se faire remarquer dans son beau cabriolet noir luisant, l'été ; l'hiver, dans sa luxueuse carriole couverte de peaux d'ours et pourvue de deux lanternes, une belle voiture attelée à une jument blanche et fringante. Dans le sanctuaire, il prenait une place bien en vue, dans un banc réservé, sous la chaire du prédicateur.

Il donnait à la quête de la grand-messe, comme à toutes les bonnes œuvres paroissiales depuis la Société Saint-Vincent-de-Paul jusqu'aux Missions de Chine.

À peine plus discrètement, néanmoins au vu et su de tous les honnêtes gens et des autres, il présidait aux destinées de bordels, de maisons de jeux, d'alambics clandestins et de multiples affaires louches.

Crime et dévotion faisaient bon ménage dans son âme accommodante.

Un jour, avec sa bande, il réussit le vol à main armée d'une banque et empocha quelque vingt-cinq mille dollars. Pour remercier la bonne Sainte Vierge du succès de son exploit, il lui fit ériger une statue devant sa maison. Il était euphorique. Il avait l'esprit confus. Il mêlait tout : religion, affaires, politique et crime.

Exploitant la pauvre humanité, il répétait qu'il aimait mieux le faire le premier pour couper court à l'envie des autres d'abuser de lui.

Il avait réduit au rôle d'humbles serviteurs de sa royale personne Napoléon Antoine, blasphémateur et buveur émérite, et son ami intelligent mais faible, le brave Joseph Dulac. En contrepartie, il leur ouvrait grandes et gratuitement les portes de ses maisons de désordre.

Le pauvre Joseph perdit sa terre et son magasin général. Il négligea ou plutôt il abandonna sa famille. Il ne se présentait qu'occasionnellement au foyer, pour y faire des enfants, racontaient les villageois.

Son maître gardait généralement la tête froide. Il buvait modérément. Il ne se permettait aucune familiarité avec ses filles de joie, les clients et le monde interlope. Il répétait que, les affaires étant les affaires, il ne fallait y mêler ni problèmes personnels ni sentiments.

En toute quiétude, il pouvait ainsi, à la dérobée, organiser un petit État dans l'État.

À son gré comme à ses fins, il manipulait les hommes autant qu'il les méprisait. Il décidait de la politique, de la justice, de toutes les institutions de la société, en particulier de l'ordre et de la loi.

Si, par hasard, un ministre élevait la voix pour le critiquer, il le faisait limoger par son premier ministre, sous un prétexte quelconque. Si un petit juge s'avisait de prendre son rôle au sérieux et montrait trop de zèle contre l'un de ses protégés, il lui faisait substituer un magistrat complaisant ou bien il inspirait au gouvernement une loi d'amnistie en faveur de certains accusés.

En sa personne, il résumait les vices, les hypocrisies, les frustrations et les contradictions de certains de ses compatriotes. Sans doute incarnait-il aussi quelques vertus occasionnelles.

Sous toutes ses formes, il représentait la seule loi utile à ses yeux : la force. Ce qu'il pensait, ce qu'il voulait était naturel, logique et d'intérêt commun. Personne ne devait ou n'osait le contredire.

L'État, les scrupules en moins, c'était lui, le petit roi et tout-puissant Louis XIV de la Beauce.

***

Isabelle Roy-Dulac, accusée du meurtre de l'une des putains du roi Bardouche, se morfondait en prison par la faute et grâce à l'influence néfaste de ce dernier. Elle n'avait pas la moindre idée du jour où elle pourrait s'en sortir. Elle ne savait pas à quel moment, si jamais cette chance lui souriait, elle pourrait s'expliquer devant un juge.

Lionne malheureuse et furieuse, elle explorait sans cesse tous les recoins de son cachot, comme si elle pouvait en découvrir l'issue.

Elle avait envie de vomir de dégoût en observant sur les pierres humides des murs les taches noires, graisseuses et sales : à ses yeux symboles de la sordide humanité qui la méprisait et l'écœurait.

De ses faibles mains, elle saisissait et cherchait à ébranler les barreaux. N'y pouvant tenir trente secondes, elle s'apaisait. Elle s'affaissait. Elle avait la sensation de sombrer dans le désespoir.

Elle s'énervait. À bout de forces, elle se calmait. Pour aussitôt se remettre à s'agiter. Elle criait à tue-tête. Elle appelait au secours. Le son de sa voix se perdait dans les couloirs sans fin.

Elle tentait ensuite de reprendre son sang-froid. Elle s'efforçait de raisonner ou, du moins, de rêver pour oublier. Elle se posait mille questions contradictoires, tantôt angoissantes, tantôt rassurantes.

« Un jour, pourrai-je reprendre ma liberté ? se demandait-elle. Ou, du moins, pourrai-je obtenir en haut lieu qu'on m'accorde la faveur de communiquer avec mes enfants, de revoir le plus jeune ?

« Oh ! je sais bien que la lâcheté, l'intérêt et les intrigues de mon entourage ne laissent guère de place à la sympathie qui ouvre l'esprit et le cœur à la misère des autres. Mais il peut toujours se produire un miracle...

« Sinon, comment pourrai-je survivre dans ce cachot obscur, froid et dénudé ? À peine un mince rai de lumière, par une minuscule fenêtre, y pénètre-t-il à certaines heures seulement. Dans le plancher de pierre s'ancre un instrument de torture, un lit de fer, surmonté de planches de pin et d'une paillasse presque vide, recouvert d'un édredon multicolore et malpropre. Il flotte dans l'air les odeurs fétides d'un seau hygiénique de métal cabossé et rouillé. Dans un pot de terre cuite déposé dans un bassin de porcelaine craquelée dort une eau verdâtre. Sur un mur crasseux et rude, la serviette de lin reste collée.

« Dans ce triste décor, que faire sinon méditer sur mon sort injuste et misérable, sur la société lointaine et dédaigneuse, sur n'importe quoi ?

« J'ai pris l'habitude du recueillement et du silence chez les religieuses de l'École normale, où j'ai eu le bonheur d'étudier dans l'insouciance. Mais à quoi cela peut-il me servir maintenant ?

« Je le devine. Je le sens. À l'extérieur de ces murs, on me méprise et, sans doute, m'a-t-on déjà condamnée. On doit se réjouir de ce qu'étant loin de leurs yeux je sois aussi loin de leur cœur.

« La justice non plus ne se fait point grand souci de ma petite personne. Complice de la politique, elle s'arrange aussi pour m'oublier et pour ne pas nuire aux élections de ses amis.

« J'importune tout le monde. Ah! si je pouvais mourir en douce, de ma belle mort ; les profiteurs de toutes les turpitudes de tous les pouvoirs s'en montreraient ravis.

« Mes parents et mes amis paraissent fort discrets. Ils n'ont pas osé me rendre visite ni m'écrire. Ils me renient. Je suis la honte de la famille.

« Les bons chrétiens des associations pieuses, dont j'ai pourtant été membre, font mine de ne point me connaître. Quand leur prochain est loin, ils ont toujours à la bouche les mots *amour*, *pardon* ou *charité*. Mais je suis trop près pour mériter leur considération.

« Affreux manipulateurs du grand guignol où se jouent le sort des citoyens et ma pauvre tragédie, les politiciens et les juges s'adonnent avec joie à l'opportunisme, à la corruption et à l'hypocrisie. Ils se font un point d'honneur, si telle expression existe dans leur vocabulaire, de retarder mon procès. À respectueuse distance du troupeau populaire, ils tiennent la brebis galeuse qui pourrait gêner leur course au pouvoir.

« Après le rendez-vous électoral, sans doute la justice reprendra-t-elle son cours tortueux.

« Dans l'intervalle, injustement, illégalement peut-être, on me garde dans une prison infecte. On risque de ne même plus penser à me ramener au tribunal. C'est arrivé à un brave Amérindien qui, dans une cellule voisine, attend son procès depuis trente années. Il paraît qu'on néglige toujours d'inscrire sa cause sur le rôle des audiences... »

***

Pour ne pas salir la glorieuse image du seigneur Bardouche ni gêner ses frauduleuses opérations électorales, Isabelle Roy-Dulac devait s'effacer. Contre cette puissance de la nature et de la société, elle n'avait aucun moyen de faire valoir ses droits ni de se faire entendre.

Par surcroît, à certains moments, elle se surprenait même à éprouver une admiration malsaine pour cet homme qui, par son génie diabolique et sa générosité occasionnelle, fascinait tous ceux qui l'approchaient. Elle hésitait à le mépriser. Elle le craignait. Dans sa situation, à son souvenir à la fois inquiétant et rassurant, elle se sentait tiraillée entre le dégoût et l'attrait, la révolte, la résignation et l'impuissance.

Pour revenir à l'équilibre de ses sentiments, et regagner son énergie sinon son courage, elle s'évertuait à penser à d'autres êtres et à autre chose. En imagination, elle serrait ses enfants dans ses bras et elle les comblait de tendresse.

Mais la réalité la rappelait vite à l'aspect terre-à-terre du désespoir et du désarroi. Elle ne savait où donner de la tête. Des visions horribles et des fantaisies poétiques, tout se bousculait dans son esprit.

Les saletés des murs lui apparaissaient comme des fleurs, des oiseaux, des arbres ; des îles de beauté, des paradis d'amour, des cimetières de monstruosités, des contrées de haine et des montagnes d'absurdités. La vie quoi! comme elle croyait la subir.

Puis, tout à coup, un ordre paisible s'installait dans son âme. Ces taches se transformaient en tableau qui représentait une joyeuse réunion de ses filles et de ses fils autour d'une table, en sa compagnie. Quel rêve!

Le souvenir du benjamin la tourmentait singulièrement. Elle aurait voulu le toucher, l'embrasser, lui parler doucement. Et, surtout, elle aurait aimé pouvoir le protéger des rives infectes d'une mer d'ordures sociales où, comme une épave, on l'avait rejeté.

À la fin de ce film tout en contrastes que projetait son esprit accablé, elle se retrouvait devant l'image satanique de Bardouche ricanant, trônant au milieu d'abrutis niais.

Elle tentait de se raisonner.

« Mon cousin, l'avocat, se rappelait-elle, m'a dit et répété que même en prison on conservait certains droits, qu'on était présumé innocent aussi longtemps qu'un juge, à la lumière de la loi et de la preuve, n'avait pas prononcé un jugement de culpabilité.

« Voilà de bien belles paroles. En réalité, dès que j'ai été accusée, on m'a empêché de communiquer avec les miens, on m'a privée de liberté, on m'a punie par anticipation, on m'a traitée comme une coupable.

« La société se moque de ses propres lois. Elle les transgresse à plaisir. Puisqu'elle détient la force, pourquoi se gênerait-elle?

« Sous le prétexte hypocrite du bien commun, qui n'en demande pas tant, et de l'élection qu'il faut gagner à tout prix, elle trouve juste ou du moins légal d'ériger autour de ma prison un deuxième mur, le rempart du silence. Il ne faut pas que le bruit de mon crime, relié aux affaires du tout-puissant organisateur politique nommé Bardouche, arrive aux oreilles délicates des électeurs.

« Qu'ai-je donc à gagner à laisser les procédures traîner en longueur?

« Plus je réfléchis, plus il m'apparaît difficile de comprendre ce monde perfide, mielleux, artificiel, inhumain. »

La gardienne vint interrompre le cours dangereux de ces pensées lugubres.

«Je vous annonce une bonne nouvelle, dit-elle en guise de salut et avec un sourire forcé. J'ai réussi à convaincre le gouverneur de la prison de vous rendre visite. Il pourrait influencer son ami Bardouche, qui retarde votre procès indûment et vous prive de tout contact avec vos enfants.»

***

Grâce à l'intervention de l'ineffable Bardouche auprès du ministre de la Justice, un ancien inspecteur de l'escouade des bonnes mœurs, recyclé en droit et en psychologie, Me Auguste Dumont, dirigeait la prison beauceronne, l'une des plus importantes au Québec.

En plus d'un traitement fort élevé, il disposait d'une voiture de luxe et d'un chauffeur.

Aussi, avant de se préoccuper de la justice ou du bien-être des prisonniers, veillait-il aux intérêts de ses amis politiciens et de son protecteur en particulier. Il mit à leur service son art et son autorité pour tirer le meilleur parti possible du désarroi de sa détenue.

Un jour, accompagné de deux subalternes révérencieux, il se présenta à la cellule 130. Il se fit ouvrir. Il ne tendit pas la main à la prisonnière. Il ne desserra point les dents pour lui dire bonjour. Il hésitait à lui montrer la moindre bienveillance.

Hautain, paternaliste et solennel, il se contenta d'avoir l'air de la saluer d'un léger signe de tête avant d'entrer dans son cachot et dans le vif du sujet qui l'y amenait.

«Ma pauvre dame, avança-t-il, ne vous faites point de souci. Vos enfants se portent à merveille. Grâce aux bons soins de M. Bardouche, ils ont été placés, pour le moment, dans de bonnes familles catholiques. Il ne s'est réservé que le plus jeune, qui est aussi le plus fragile et dont il a eu pitié. D'ailleurs n'en est-il pas le parrain?

— Non! Doux Seigneur! Pas encore lui!» se dit la malheureuse.

Elle murmura à peine ces exclamations. Elle n'osait élever la voix ni ajouter un mot qu'aurait pu entendre et mal interpréter son visiteur. Pour ne pas l'indisposer, elle s'efforça de dissimuler sa répulsion. Elle se résigna à écouter la suite de son discours grandiloquent :

« Votre fils, madame, a atteint un âge difficile. Selon les psychologues, la troisième année de la vie humaine constitue une étape périlleuse, déterminante dans la voie du développement. L'enfant commence alors à découvrir sa personnalité, et certaines failles dans le comportement des adultes, qu'il s'empresse d'exploiter. Déjà il apprend à manipuler les hommes. Il enregistre ses premiers souvenirs, du moins les plus mauvais.

« Il est donc essentiel, vous en conviendrez, de soumettre votre petit Jean à une éducation ferme, à une autorité exemplaire et rigoureuse que par votre faute hélas ! vous n'êtes plus en mesure d'exercer. Heureusement qu'une âme charitable en assume la responsabilité à votre place. »

Son interlocutrice n'en pouvait plus. Elle éclata en sanglots, qui furent suivis d'une crise de rage. Elle bondit. Elle voulait griffer l'insulteur et, par personne interposée, le monstrueux Bardouche.

Un instant énervé, Dumont fit marche arrière. Il ne savait sur quel pied danser. Mais il ne se décidait pas à quitter les lieux avant d'avoir mené sa mission à bonne fin. Il referma la porte et donna l'impression de se retirer.

Sa souffre-douleur saisit les barreaux de ses mains nerveuses, comme pour les arracher. Elle criait son dégoût. Puis, subitement, elle se mit à pleurer. Elle s'effondra. Mais, énergique et courageuse, elle se redressa aussitôt pour montrer un certain calme. Elle tentait de se maîtriser et de réfléchir.

Elle ne pouvait s'imaginer que son enfant fût entre les mains des tenancières des bordels de Bardouche.

Même si, en son âme et conscience, elle reconnaissait qu'en certaines occasions ce vicieux personnage se montrait presque vertueux et affichait des qualités exceptionnelles. Il pouvait manifester dévouement et sincérité. Parfois il rendait service avec une apparente abnégation.

Sa galanterie n'était pas toujours suspecte. Il s'intéressait curieusement au sort de certains défavorisés ou à une activité gratuite et saine comme la poésie.

Pour une fois, serait-il honnête?

Elle se le demandait et, en même temps, elle s'en méfiait plus que de son disciple là, à la porte, devant elle, l'air penaud et figé comme une statue.

D'une voix douce, elle lança au gouverneur apeuré:

«Excusez-moi!»

La porte se rouvrit. Il rentra. Le dialogue reprit:

«Est-ce que je pourrais garder Jean ici? Provisoirement, bien sûr!» suggéra-t-elle bien respectueusement, avant d'ajouter:

«Pour payer sa pension, j'ai mes épargnes à la Banque populaire.

— Vous n'y pensez pas, chère madame, reprit son interlocuteur. Vous me proposez de transgresser le règlement.

— Et après? Ne vous est-il pas arrivé de le faire quelquefois? Pour de bonnes raisons, évidemment?

— Sans doute. Je le regrette. Mais dans l'intérêt public et à certaines conditions, je peux encore le considérer. Pour le bien de votre fils, par exemple, nous pourrions toujours nous arranger si, en évitant à l'État un procès inutile et coûteux, et sous réserve de la clémence du tribunal, vous confessiez enfin votre crime. Alors, l'autorité fermerait sans doute les yeux sur ce passe-droit qui me permettrait d'accéder à votre demande. Sans compter que vous n'auriez pas à revivre sur la place publique, au palais de justice, en présence de votre famille, les scènes de votre forfait. Avouez donc simplement votre faute. Je serai mieux placé pour vous rendre service. J'ai d'ailleurs préparé une déclaration que vous n'auriez qu'à signer. La voici.»

La prisonnière se donna la peine de bien lire cet infect document. Elle lui demanda d'y apporter quelques corrections.

«Monsieur, souligna-t-elle, cet écrit ne correspond pas à la vérité, qui est censée être le fondement de la justice, n'est-ce pas? Je n'ai pas prémédité un crime. Par accident ou, comme disent les hommes de loi, par aveuglement passion-

nel, peut-être ai-je mis fin aux jours d'une sorte de rivale. Je
voulais soustraire mon mari aux griffes de l'une des putains
de Bardouche. J'ai eu tort de la relancer dans sa maison
close. J'y ai aperçu cette horrible femme qui s'interposait
entre Joseph et moi pour me rire au nez. Le dégoût des lieux
et de cette personne de mauvaise vie m'ont fait *perdre
lumière*. Tout près, sur la table basse d'une sorte de salon,
entre le pain, le fromage et une bouteille de vin, brillait un
couteau. L'ai-je brandi pour lui faire peur ? Je ne me rappelle
pas très bien. J'ai vaguement mémoire de ce qui s'ensuivit :
son cadavre allongé par terre, le sang, les policiers qui
enfoncèrent la porte et qui, brutalement, me menottèrent et
m'emmenèrent dans cette prison. Vraiment, je ne me sens
point coupable du meurtre dont on m'accuse.

— À part moi, chère amie, qui ajoutera foi à cette
histoire ? Quelle sympathie pourrait éveiller un assassin ?
N'oubliez pas les déclarations accablantes, pour vous, de
votre mari et des policiers. Votre présence au domicile de
votre victime n'est sûrement pas justifiable ni justifiée. Et
votre silence devant les autorités policières ne plaide pas en
votre faveur. À l'encontre de ces faits et témoignages, quelle
défense auriez-vous à offrir ? Pour vous dire le fond de ma
pensée, vous n'avez guère le choix. Vous êtes à ma merci.
Avant qu'il soit trop tard, vous feriez bien de m'apporter
votre coopération. Je n'ai pas l'intention de renouveler ma
proposition une autre fois. Et puis, vous vous faites pas mal
d'illusions sur la justice humaine. Hélas ! elle n'a pas
beaucoup de rapport avec la vérité, le droit ou la vertu. Je
suis bien placé pour le savoir. Vous risquez de payer fort
cher pour l'apprendre.

— Vous croyez que le juge ne tiendrait pas compte de
mes explications ?

— Il vous écouterait avec patience. C'est son rôle. Mais
avec le concours du jury, qu'il influence naturellement, il ne
vous en trouverait pas moins coupable. En insistant pour
avoir un procès en bonne et due forme, vous aggravez votre
cas. Je n'ai pas d'intérêts dans cette affaire. Je suis le seul à
vous comprendre. Aidez-moi à vous aider, je vous en

supplie. Coopérez avec la justice : elle vous le rendra au centuple. J'interviendrai auprès du juge. Je lui soulignerai les circonstances atténuantes de votre délit. Ma démarche sera discrète, il va sans dire, car il n'est pas permis de faire pression sur un magistrat. Je suis également sûr des bonnes dispositions de l'avocat de la couronne. C'est moi qui en ai recommandé la nomination, avec l'appui de M. Bardouche. Un service en attire un autre, vous le savez. »

Avec un cynique ricanement, le gouverneur ajouta :

« J'oserais affirmer que j'ai la justice dans ma manche. Enfin, pour vous montrer que je suis de bon compte, je vais vous permettre d'écrire à vos enfants. Je l'avais prévu et je vous ai apporté ce qu'il faut. Faites vite, je dois rentrer. »

À genoux près de son grabat, fébrilement, la prisonnière se mit à écrire :

Mes chers petits,

Vous vous demandez sans doute où est votre mère et ce qu'elle devient. Je vous le dis franchement, je suis entre les mains de la justice et de la Providence. Je ne sais pas ce qui m'attend, mais je puis vous dire que je me sens innocente du mal dont on m'accuse.

L'injustice que je subis n'est rien à côté du martyre de Notre-Seigneur Jésus-Christ.

Dans la vie, vous aussi, attendez-vous à ce que les autres ne soient pas toujours justes et gentils envers vous. Il faut leur pardonner, consacrer vos sentiments et votre énergie à bien réussir votre vie et à rendre le bien pour le mal.

Aimez les autres mais pas nécessairement ce qu'ils font, ce qui est mauvais. Suivez votre idéal plutôt que les modes de la société. Soyez francs, honnêtes. Au besoin, sachez désobéir pour vous tenir dans le droit chemin.

Soyez bons malgré tout et tous.

Priez pour votre père, qui doit être bien malheureux.

Avant qu'elle puisse la terminer et la signer, l'impitoyable visiteur lui arracha sa lettre des mains, la plia et la mit dans une enveloppe qu'il fit mine de sceller.

« Assez pour aujourd'hui, conclut-il sèchement. Une autre fois, si vous manifestez un peu de bonne volonté, je vous obtiendrai la faveur d'avoir votre fiston auprès de vous. »

Puis, tournant le dos, sans la saluer, le gouverneur quitta la prisonnière.

***

Heureux, sûr de lui, d'autres mauvais plans en tête, le gouverneur se dirigea vers son cabinet de travail, accompagné de ses deux gardes du corps.

«J'ai bien préparé le terrain, songeait-il en se frottant les mains d'aise. Il me suffit de patienter encore un peu. Au besoin, je pourrai toujours recourir à une douce violence en créant une atmosphère qui affaiblira sa résistance aux aveux.»

Conscient d'œuvrer pour le bien de sa justice, dans l'intérêt de ses amis comme pour son propre compte, il savourait d'avance son succès. Il se réjouissait de pouvoir réduire à sa plus simple expression administrative une complexe affaire de bonnes mœurs ou d'assassinat.

Il prit congé de ses gardes et il s'isola dans son bureau.

S'allongeant dans son magnifique fauteuil de cuir, il pivota. Il mit les pieds sur sa table de travail. Il tendit la main pour prendre un cigare dans un coffret de cuivre. Il le mouilla de sa langue, sur toute sa longueur. Il le lécha. Et, après lui avoir jeté un regard admiratif et pouffant d'aise, il l'alluma.

Il prit l'enveloppe dans la poche de son veston. Il en sortit la lettre de sa pensionnaire. La tenant de la main gauche, lentement, comme pour mieux jouir du spectacle, de sa main droite il y mit le feu avec son havane.

Les feuilles carbonisées planèrent, puis se morcelèrent avant de choir sur le plancher. En contemplant les cendres de la lettre, le fumeur diabolique éclata d'un rire monstrueux.

À la tombée de la nuit, quelques heures plus tard, il passait à une autre phase de sa stratégie infernale. Il n'allait épargner aucune ruse à cette femme qui osait lui tenir tête.

Sur le visage d'Isabelle Roy-Dulac, au fond de sa cellule, il fit braquer un éclairage puissant, comme il le faisait au temps de ses expériences de flic tortionnaire.

Il ordonna d'arrêter le chauffage.

Il enjoignit au geôlier de faire tourner à tue-tête, sur un vieux gramophone, des disques usés et stridents.

Et, sans remords, il alla dormir.

Les heures s'annonçaient humides et froides. Même les rats, blottis dans leur coin, n'osaient bouger.

La détenue grelottait. Elle claquait des dents. La tête entre les mains, elle se bouchait les oreilles pour entendre le moins possible l'insupportable musique. Pour fuir l'aveuglante lumière, elle se tournait et retournait sur son lit. Elle ne parvint pas à fermer l'œil de la nuit.

À certains moments, elle revivait ses rêves familiers. Elle imaginait ses enfants en train de lire et de commenter sa lettre. Elle se surprenait à ébaucher un sourire nerveux.

Tôt le matin, soudainement, tout revint à la normale. Les lampes s'éteignirent. Le chauffage reprit. Le bruit cessa.

Frais et dispos, Dumont se leva en souriant. Il se rendit à son bureau et il s'étira devant sa fenêtre en admirant le soleil.

**

Cette mise en scène avait inquiété la recluse. Qu'est-ce qu'on lui réservait encore ? Que cherchait donc le mielleux gouverneur qui, de nouveau, tout sourire, surgissait à sa porte comme si rien d'étrange ne s'était passé ?

Avec une répugnante hypocrisie, il lui demanda :

« Vous allez bien, chère madame ?

— Bien ! » se résigna-t-elle à répondre avec une banalité contrainte.

Elle ajouta aussitôt :

« Mes enfants ont dû être contents de recevoir de mes nouvelles ?

— Enchantés ! Tout à fait ravis ! Le plus grand donnait des explications aux autres, réunis autour d'une table grâce aux bons soins de Bardouche. Les plus jeunes ne comprenaient pas très bien votre absence. Je les ai rassurés comme j'ai pu, en mentant un peu. Je leur ai raconté que vous étiez malade, à l'hôpital, mais pas pour très longtemps. Je crois vous avoir rendu un fier service. J'espère avoir mérité un peu de reconnaissance. On me pardonnerait sans doute mon autorisation irrégulière pour que vous écriviez à vos enfants et mon imprudente intervention auprès de l'autorité judiciaire, si je pouvais montrer votre confession signée. Tout rentrerait dans l'ordre. Je serais bien vu du ministre de la Justice et j'en pourrais devenir le sous-ministre. Et je serais encore mieux placé pour vous être utile.

— J'aimerais bien vous rendre service à mon tour. J'essaie de comprendre pourquoi les juges ne sont pas intéressés à simplement connaître la vérité et à rendre justice. Comment puis-je avouer un crime que je ne crois pas avoir commis ? Comment puis-je tromper la justice et salir l'honneur de ma famille ? Que penseraient mes enfants ?

— Au point où vous en êtes, madame, je ne me ferais pas tant de scrupules.

— De grâce ! laissez-moi au moins consulter un avocat.

— En avez-vous les moyens ? Les hommes de loi ne travaillent pas pour la gloire. Et ne m'avez-vous pas dit que vous réserviez vos économies pour payer la pension de votre benjamin ? Je trouve que vous changez souvent d'idée. À la fin, vous feriez mieux de vous décider.

— Ne pourrais-je demander conseil à une amie ?

— Qui ? Pensez-vous qu'il vous reste vraiment des amis ? Personne ne vous a rendu visite depuis votre incarcération.

— En effet ! laissa-t-elle tomber tristement.

— Je vous répète que je suis la seule personne à s'intéresser à votre sort. On dirait que vous ne pensez qu'à vous. On croirait que vos enfants ne vous préoccupent guère. Je ne puis tout de même pas vous aider malgré vous. Adieu ! »

La malheureuse fondit en larmes. Elle craignait de perdre tout espoir d'obtenir la présence de son fils.

« Attendez ! Attendez ! » implora-t-elle le tortionnaire qui s'éloignait.

Il revint sur ses pas, heureux du trouble qu'avec la plus pure malice il avait suscité. Il prit un ton doucereux pour s'expliquer :

«Pardonnez-moi, madame, si je vous ai causé quelque peine. Je voulais seulement vous faire entendre raison. J'allais l'oublier: j'ai une bonne nouvelle à vous annoncer. D'accord avec les autres officiers de justice, le procureur de la couronne et le juge m'autorisent à vous permettre de garder votre fils auprès de vous, du moins jusqu'à votre procès. Il va sans dire qu'ils comptent sur la signature de vos aveux. C'est la moindre des choses, n'est-ce pas?»

Après tout ce qu'elle avait vu, entendu et souffert depuis son arrestation, l'inculpée ne conservait plus un soupçon de confiance dans la justice humaine. Elle ne voulait pas lui sacrifier quelques semaines de bonheur en compagnie de son enfant.

Sans même la lire, elle signa la confession de son crime, préparée par le gouverneur.

Soulagée, elle ne se rendit pas compte des conséquences de son geste. Elle ne pensa qu'à moi.

Elle remarqua à peine que son hôte rusé, sautillant de joie, lui serrait la main avant de la quitter. À reculons, il s'éloigna en répétant:

«Mille fois merci! Mille fois merci!»

Il se sentait fier de lui. Il tenait la coupable à la gorge, c'est bien le cas de le dire, car, à cette époque, la pendaison constituait le châtiment du meurtre.

Il jubilait. Il aurait sûrement sa promotion. Bientôt, il serait nommé sous-ministre de la Justice.

Un instant distrait de son euphorie, il regretta sa fourberie. Il n'avait point remis la lettre de son interlocutrice à ses enfants. Il n'avait demandé à personne *en autorité* de permettre à Isabelle Roy-Dulac d'avoir son fils auprès d'elle. Il n'avait même jamais eu l'intention de lever le petit doigt en sa faveur.

Il éprouvait un plaisir malsain à cultiver le mensonge. Il quitta heureux la scène de sa plus ignoble hypocrisie.

***

Cependant, son ami Bardouche, qui avait plus de finesse et d'envergure, veillait au grain. Il n'allait pas risquer de se laisser surprendre par l'orage d'un scandale. Il ne tenait pas à ce que, au beau milieu des élections nationales en cours, qu'il organisait, le procès hâtif de la Roy-Dulac mette en lumière ses relations suspectes et ses affaires malhonnêtes, au grand plaisir et au profit de ses adversaires.

Il ne pouvait se permettre d'avoir l'air de tricher ni d'être perdant. Il jouait sa réputation d'homme de bien, influent, indispensable tant aux politiciens qu'au bon peuple. Il lui suffisait de se donner une apparence honnête, même s'il ne doutait pas de l'opinion contraire, mais silencieuse, qu'avaient à son sujet la plupart de ses compatriotes bien informés.

Et puis, secrètement, il éprouvait une certaine amitié, mêlée d'admiration, pour cette femme courageuse, instruite et belle qui attendait la justice au fond de son cachot. Il avait pitié du petit Jean, son filleul, et il se sentait des obligations morales envers lui, sans doute un reste de son éducation familiale scrupuleuse.

Souvent aussi, il lui arrivait de se payer la coquetterie d'aider les pauvres, les marginaux et les justiciables sans défense. Pourquoi pas elle? Parfois, il cherchait à se donner bonne conscience, à s'accorder des petites joies charitables. Subsistait-il dans son âme quelque bonté? Ou bien se moquait-il du monde? Avec cet homme étonnant et insaisissable, qui pouvait savoir?

Quoi qu'il en soit, sans l'intervention du gouverneur de la prison, il ordonna la remise du petit Jean à sa mère, par l'intermédiaire de ses amis du palais, le juge Pierre Tabotin et l'avocat de la couronne Antoine Muffet, à qui, par surcroît, il donna ses directives:

« Ajournez le procès de la Roy-Dulac après les élections. Si elle hésitait à y consentir, menacez-la discrètement de lui enlever son enfant. »

Toute à la joie de m'avoir retrouvé, elle en oubliait l'horreur de sa cellule et de sa situation. Même le soleil se mettait de la partie. Par une mini-fenêtre, il y glissait un faible rayon.

La surveillante, avec un sourire inhabituel, lui apporta une petite bougie et deux papillotes. Pour la première fois, elle prononça quelques mots gentils:

« Vous pouvez compter sur moi. »

Ma mère, très émue, me couvrait de baisers et de caresses. Elle me racontait de belles histoires que je comprenais plus ou moins mais que j'écoutais avec une vive attention. Sa voix maternelle me réchauffait le cœur.

Hors les murs, les hommes pouvaient vaquer à leurs vices et trafics. Juges, avocats, politiciens, flics et larrons pouvaient rire d'aise, se gaver de mets rares, de vin, de fromage et de plaisirs. Ils pouvaient tripoter leurs élections.

Sans le vouloir, ils rendaient ainsi une certaine et provisoire justice à une malheureuse accusée qui jouissait de la compagnie de l'être le plus cher au monde, à ses yeux. Elle essayait d'oublier qu'elle devait son bonheur éphémère au dangereux Bardouche et à ses amis.

***

Les cabotins de la justice n'en soumettaient pas moins la présumée meurtrière à d'incessantes parades au palais, inutiles et traumatisantes.

Ce vieil édifice de pierres grises, que l'outrage des ans avait garni de mousse et taché de rouille, mettait en relief deux balances en déséquilibre. « Un symbole de l'injustice ! » disaient les passants.

Il n'avait point changé d'aspect depuis son inauguration en 1870, année de l'invasion de la France, le pays de nos ancêtres, par l'armée prussienne de Bismarck.

Il continuait de se détériorer. L'État ne se souciait guère d'en réparer les fissures, par où allait et venait allégrement la vermine. Il n'avait point davantage cure d'en soigner la grande balafre qui en défigurait la façade. Les politiciens de l'époque ne s'occupaient que de ce qui rapportait des votes et donnait le pouvoir.

Dans une apparente harmonie, tout près de l'inertie, cohabitaient en ce triste palais, au rez-de-chaussée, la fonction publique des greffiers, des archivistes et des secrétaires qui s'amusaient à manier les dossiers des justiciables ; au premier étage, les cabinets des juges, pour la plupart complaisants, et les salles d'audience, où se déroulait la tragicomédie permanente des plaideurs. Les policiers, les gardiens ou les surveillants et les détenus faisaient plus ou moins bon ménage au sous-sol.

À part ces fidèles, seuls les huissiers et le petit peuple fréquentaient ces lieux suspects. L'élite de la société n'y venait point perdre temps et argent. Elle savait régler ses petites affaires hors du système de justice, avec les détenteurs de tous les pouvoirs établis, compromis et corrompus.

Isabelle Roy-Dulac n'avait pas le choix. À répétition, elle dut revenir à la barre des accusés pour écouter les explications oiseuses du juge qui ajournait sans cesse sa cause, à la demande du procureur de la couronne.

Elle n'osait protester. Si elle avait ouvert la bouche pour manifester son impatience, on lui aurait enlevé son fils. Elle le savait et elle se taisait.

Déjà, on la privait du plaisir de la lecture des livres de son choix. Elle n'avait droit qu'à la Bible et à *L'Imitation de Jésus-Christ*, un pieux ouvrage du quinzième siècle, écrit par le moine Thomas a Kempis.

On tolérait aussi la visite de l'aumônier, qui l'accablait de son petit laïus moralisateur.

« Ma chère dame, sermonnait-il, comptez-vous chanceuse dans votre malheur. Ce bon samaritain de Bardouche a réussi à placer huit de vos enfants les plus âgés dans d'excellentes familles catholiques. Tout en y recevant une bonne éducation, ils rendront service à la maison ou aux champs de leurs bienfaiteurs. Les deux autres iront à l'orphelinat. Pour l'instant, vous gardez le benjamin. Ne cherchez pas trop à communiquer avec votre famille. Vous lui feriez trop de mal. Remerciez le Seigneur qui vous fournit l'occasion d'expier votre péché dans la solitude, le recueillement et le silence. »

Son devoir accompli, à distance, le pasteur donnait néanmoins sa bénédiction à la brebis galeuse, puis s'en éloignait en se signant.

La prisonnière me serrait très fort dans ses bras. Elle me comblait de caresses baignées de larmes.

Puis, maintes fois encore, elle dut revenir à la pénible réalité. Elle se voyait obligée de me confier à la surveillante pour se rendre au tribunal entendre le juge remettre encore son procès à plus tard. Chaque fois, elle avait l'impression d'être d'une bête qu'on mène à l'abattoir et qu'on ne tue jamais.

Elle avait cependant franchi les premières étapes des infernales et interminables procédures. Au moment d'une comparution à la cour, elle avait enregistré un plaidoyer de non-culpabilité. Puis, un autre jour, sur les conseils de sa gardienne, elle avait renoncé à l'enquête préliminaire, qui a pour but de permettre au juge d'établir si, dans la preuve de la couronne, il y a matière à procès.

Maintenant, elle n'avait plus qu'un désir: en finir avec cette comédie de la justice.

**

Plusieurs mois après son arrestation, elle put enfin se présenter à son procès. Plus rien ni personne ne s'opposait à la bonne marche de la justice.

Grâce au tout-puissant Bardouche, Arthur Rubicon venait d'être élu premier ministre. Cet ivrogne au nez rouge, au visage pâle et ravagé, à la démarche dégingandée, veule et lâche, nomma un ministre de la Justice qui ordonna au juge Tabotin de procéder à l'audition de la fameuse cause.

L'avocat de la couronne sentit tout à coup l'urgent besoin de présenter sa preuve.

Une dernière fois, la détenue me confia à la surveillante pour se rendre, menottée, entre deux gardiens, à la salle d'audience. Debout à la barre des accusés, éblouie par les lumières du plafond, atterrée par les regards réprobateurs des assistants, elle faillit s'effondrer.

Dans l'assistance, elle cherchait des visages amis, mais elle ne trouvait que des mines hostiles. Certaines connaissances détournaient la tête pour ne pas affronter son regard.

Un léger murmure parcourut la foule. La porte s'ouvrit. Tout le monde se leva.

Vêtu d'une grande toge noire, colossal, la tête haute, serrant deux gros livres sur sa poitrine, affectant une si belle prestance qu'il en éclipsait le petit juge derrière lui, le crieur entra en entonnant son sempiternel couplet:

«Oyez! Oyez! La Cour est ouverte! Que ceux qui veulent se faire entendre s'approchent et ils seront entendus! Vive le Roi!»

Soit dit en passant, le monarque en question était George V d'Angleterre. Par l'intermédiaire d'un gouverneur général ou d'un lieutenant-gouverneur, il régnait sur un étrange royaume nord-américain: le Québec. Toutes les lois et toutes les procédures en ce pays devaient se faire en son nom.

Comme le petit chien son maître, le magistrat suivait donc l'imposant huissier. Il monta à la tribune à petits pas. Il y déposa son tricorne entre la Bible et le Code pénal. Il s'inclina devant le crucifix accroché au mur. Il vérifia si son moelleux coussin s'y trouvait avant de s'asseoir dans son fauteuil.

Saisissant alors son maillet avec fermeté, il en assena un solide coup sur son bureau, en criant de sa voix délicate et claire, presque féminine:

«Silence! Veuillez vous asseoir.»

Il avait oublié que les spectateurs, comme il se devait, en avaient déjà reçu l'ordre de son huissier.

L'honorable Tabotin paraissait nerveux, inquiet. Ses traits se plissaient. Il donnait l'impression d'être en proie à une réflexion profonde, sans doute sur la responsabilité qui, à cette heure, lui incombait de juger une affaire de meurtre.

Il jeta un coup d'œil du côté du jury et il esquissa un certain sourire.

Sous son chapeau, près des deux livres juridique ou sacré, il chercha on ne pouvait savoir quoi. Enfin, il le découvrit. Grâce à l'attention d'un fonctionnaire qui connaissait sa manie, il aperçut ses élastiques. Il sourit et, d'une manière qu'il aurait voulue plus discrète, il en lança un en direction du greffier assoupi.

Ce dernier se redressa en sursaut. Il ajusta ses lunettes. Il leva l'acte d'accusation à hauteur de vue et, d'une voix lente et monotone, en entreprit la lecture:

Dossier 5-303-326. Cour supérieure du district de la Beauce.
Sa Majesté le Roi *contre* Isabelle Roy-Dulac.

Isabelle Roy-Dulac, vous êtes accusée d'avoir intentionnellement causé la mort d'un être humain, à savoir de dame Rolande Biscot, à Sartigan, le 2 février 1929.

« À ce stade des procédures, vous en avez encore le choix, plaidez-vous coupable ou non coupable ? »

L'accusée gardait le silence. Elle s'interrogeait tout bas. Les spectateurs retenaient leur souffle. On aurait pu entendre voler une mouche.

« Intentionnellement, songeait-elle ? Mais je n'ai rien prémédité. Je n'ai pas voulu mal faire. Je pense même que je n'ai rien fait d'autre que de m'énerver et de l'injurier. Le juge et l'avocat ont-ils déjà conclu à ma culpabilité ? Bardouche les a-t-il conditionnés ? Les jurés, tous des hommes, vont-ils me juger à la lumière de leur situation personnelle ? Ont-ils lu les journaux qui, selon ma gardienne, m'ont déjà condamnée ? Le gouverneur, qui m'a semblé honnête et raisonnable, quoique un peu volubile et empressé, m'a bien prévenue de n'attendre rien de bon de la justice. Aurait-il raison ? Et puis, je n'ai pas d'argent. Je n'ai plus d'amis. Je n'ai point d'avocat. Comment puis-je me défendre ? À quoi bon rabâcher mes malheurs ? Autant en finir tout de suite. »

Le président du tribunal s'impatienta. Il interrompit les réflexions de l'accusée :

« Décidez-vous, madame, sinon j'ordonne à la couronne de procéder. »

La pauvre femme hésitait encore. De tous les côtés de l'enceinte, elle cherchait un signe de sympathie. Des visages ennuyés et froids lui répondaient. Elle observa Bardouche, impassible et satanique au fond de la salle.

Elle se sentait terriblement seule, consternée, impuissante.

Elle baissa les yeux un instant, pour mieux réfléchir si possible. Elle se demandait ce que le gouverneur avait voulu dire en la mettant en garde contre les conséquences fâcheuses qu'entraînerait son refus de reconnaître sa confession, susceptible d'éviter à la Cour un procès long et coûteux. Le juge ou le jury aurait-il le loisir ou le courage de se montrer clément?

De nouveau rappelée à l'ordre par le magistrat, elle murmura d'une voix à peine audible:

«Je plaide coupable.

— Je vous déclare coupable, reprit aussitôt le président. Je rendrai ma sentence dans soixante jours. La séance est levée.»

Des murmures de frustration parcoururent la salle. Les curieux se montraient déçus d'avoir manqué un beau spectacle.

Heureux d'en avoir fini en moins de temps qu'il n'en fallait pour effleurer le fameux dossier, l'avocat de la couronne et le huissier accompagnèrent le juge à son cabinet, où trônait sur sa table de travail une miniature de potence. Ils se dépouillèrent de leurs toges en échangeant des propos cruels sur cet objet insolite qui suspendrait bientôt Isabelle. Puis ils s'empressèrent d'aller célébrer l'heureuse et rapide issue de cette sale affaire au restaurant *Le Villon*.

Pendant ce temps, Isabelle Roy-Dulac se couvrait le visage de ses mains et sanglotait. Un garde la soutint pour la reconduire à sa cellule où, quelques heures encore, elle jouirait de la présence de son fils.

Ainsi la justice tournait-elle une autre page noire et tragique de son histoire.

***

La justice des hommes n'allait pas s'arrêter à l'iniquité: elle poursuivrait son cours tortueux jusqu'à l'arbitraire.

Sans raison ni procès, par une sorte d'hérédité sans doute, pourquoi la condamnation de l'enfant ne s'ajouterait-elle pas à celle de la mère?

Ses créatures étant assurées du pouvoir pour une autre période de cinq ans, Bardouche n'avait plus besoin d'otage. Isabelle Roy-Dulac avait pu être contrainte d'avouer son crime. Elle avait bien mérité l'oubli jusqu'à la sentence de la peine capitale. Elle perdait aussi le privilège de me garder.

J'étais le dernier fils de la pestiférée qui attendait l'ordre de pendaison. Mon ivrogne de père était disparu dans les bouges du *Village des Papes*. Je le comprends, le pauvre : avec ses enfants qu'il ne pouvait avoir sur les bras, sans biens, sans caractère, sollicité par les profiteurs de misère, alcoolique par surcroît, il ne pouvait qu'esquiver ses responsabilités familiales.

À droite ou à gauche, sans cérémonies légales, en prenant un nouveau nom, mes frères et mes sœurs avaient échoué dans des familles étrangères ou chez des oncles ennuyés.

Les derniers, André et François, classés dans les catégories des *grands* et des *moyens*, n'auront jamais le loisir de se voir ni de me rencontrer pendant leur séjour à l'orphelinat. Le règlement l'interdisait.

Je restais le petit bâtard honteux, l'enfant d'un mauvais souvenir, le fils de personne, l'enfant de trop, pâle et malingre, que tout le monde rejetait.

Bardouche avait rendu des services qui permettaient à un riche bourgeois d'exploiter les Sud-Américains. Il le força à payer la pension de son filleul. À l'époque, rien n'était gratuit, pas plus l'orphelinat que l'école.

Le film de ma vie, une nouvelle fois, tournait au mystère tragique.

Donc, le jour où la justice terminait son rôle odieux, les fauves de l'information se précipitèrent sur les lieux de la cellule 130. La belle primeur ! La belle affaire ! Un bambin de trois ans libéré de prison. Mais que diable faisait-il dans cette galère ? De quel droit une criminelle avait-elle pu le garder ?

Les journalistes connaissaient la réponse à cette question. Mais ils n'en feraient point état dans leurs chroniques et ils ne dénonceraient personne. Au service de journaux biaisés et serviles, ils n'oseraient pas critiquer le système judiciaire, complice de toutes les corruptions et du pouvoir politique. De toute façon, Bardouche disposait des moyens de les faire taire au besoin.

Suivie de la meute des reporters, en faisant sonner son trousseau de clefs, la geôlière se dirigea fièrement vers le cachot. Elle s'admirait déjà à la première page des journaux du lendemain.

Assise sur son grabat, me serrant très fort dans ses bras, ma mère se balançait pour me bercer une dernière fois. Elle pleurait doucement. Tout entière à sa tendresse, elle n'entendit pas les sabots de la surveillante.

Tout à coup, elle la vit qui poussait brusquement la porte. De tout son corps, elle me couvrit. Elle supplia. Elle cria. En vain elle espérait l'intervention des visiteurs. De toutes ses forces elle tentait de résister. D'un solide coup de patte au visage, la tigresse l'envoya choir au plancher.

Elle me rentra ses griffes dans le cou et m'entraîna hors de la cage. Je me débattais. Sa grosse main crasseuse me ferma la bouche pour m'empêcher de crier à mon tour.

Ma mère reprit conscience et se releva. Elle s'agrippa aux barreaux qu'elle aurait voulu arracher. Mais elle ne réussit qu'à tendre les bras à travers la grille de la porte.

Désespérément, elle appelait son petit Jean.

Un instant distraite par les spectateurs, la gardienne avait lâché prise. J'en profitai pour courir vers la cellule. Elle me rattrapa. Elle me donna une gifle sur la tempe droite et me fit vaciller dans ses bras. Ne comprenant rien aux manières des adultes, je gémissais comme un agneau blessé.

Les journalistes échangeaient des calembours avec les officiels. Ils avaient tellement l'habitude de raconter des malheurs qu'ils finissaient par s'y montrer insensibles.

Jusqu'aux gardiens qui s'amusaient ferme. Ce n'était pas tous les jours fête en ces lieux désolants. Pour une fois que la visite se faisait moins rare, il fallait en profiter.

Toute cette agitation tragicomique retardait ma sortie du théâtre de la justice.

Bon gré mal gré, on me bouscula vers la liberté, si l'on peut dire.

Ma mère ne cessait de pleurer à fendre l'âme. Elle savait qu'elle ne me reverrait plus jamais.

Les couloirs se vidèrent. Rats et souris vinrent y faire le ménage en dévorant des restes de tartines et de biscuits sur le plancher.

Le silence, seul à en avoir dans ces tristes lieux, reprenait ses droits.

La condamnée avait retrouvé sa solitude atroce et ses cauchemars insupportables. Pour les siens, pour les autres, pour le monde hors les murs, elle était morte et enterrée.

Fort heureusement, elle ne pourrait lire l'incroyable manchette des journaux du lendemain :

« DOUBLE CONDAMNATION, écrivaient les journalistes avec un humour noir.

« Sans doute complice par hérédité, criminel par le sang, un bambin, après avoir partagé la prison de sa mère, en subira une autre, la sienne : l'orphelinat... »

On imagine bien pourquoi la justice laissait les honnêtes gens si perplexes et pourquoi ni la condamnée ni son enfant n'y comprenaient rien...

CHAPITRE III

La vie angélique

*La terre est au soleil
ce que l'homme est à l'ange.*

VICTOR HUGO

De bien mauvaise humeur, mes *bienfaiteurs* involontaires vinrent me cueillir à la porte de la prison. Ils me firent monter dans leur coupé noir à l'allure de corbillard. Ils ne se donnèrent point la peine de m'expliquer où ils m'emmenaient.

Monsieur tourna la manivelle de sa voiture avant de rejoindre sa femme, toute renfrognée, sur la banquette. Il prit le volant, le corps bien raide, en me coinçant à côté de lui.

Nous avons parcouru les quatre-vingts kilomètres qui séparaient Sartigan de Lévis, une petite ville qui dévisageait Québec, sur l'autre rive du fleuve. Nous n'avons fait aucun arrêt. Nous n'avons échangé aucune parole.

Rendu à destination, en mettant le nez dehors et le pied à terre, je ne pus m'empêcher de vomir, au grand déplaisir de mes compagnons, qui me lancèrent un regard de reproche.

Peu à peu la poussière retomba sur la route de gravier. À travers les érables, je pouvais deviner la haute et longue maison de pierres grises qui ressemblait à une prison. Une croix latine et une girouette en forme de coq gaulois en surmontaient le toit. Au-dessus du portique, une niche abritait le patron de l'établissement, saint Joseph, serein et barbu. Des stores verts usés masquaient les fenêtres.

Sur la façade apparaissait en grandes lettres le nom de l'*HOSPICE DE LA DÉSESPÉRANCE*, accessoirement un orphelinat. Sans doute était-ce par souci de transparence que les sœurs avaient choisi cette expression comme d'autres, d'après nature, ont adopté l'île Plate ou l'île Déception.

Les grandes portes, garnies d'anges presque nus et de saints en grandes robes, s'ouvrirent en grinçant. Dans l'embrasure se présenta une religieuse, vêtue de gris et de noir, l'air impassible.

Elle salua mes transporteurs qui, après lui avoir remis une somme d'argent et leur passager, quittèrent précipitamment les lieux sans me dire au revoir. D'ailleurs je n'entendrais plus jamais parler de ces protecteurs malgré eux.

La sœur portière me saisit brusquement par la main pour m'entraîner dans la maison. Elle me conduisit au réfectoire, car c'était l'heure du dîner. Je pris une écuelle, comme les autres, et je me perdis au milieu du troupeau, que je suivis jusqu'à un énorme chaudron noir et fumant qui trônait sur une table.

Une servante y plongeait une louche pour en sortir une pâte brune ou verte, inodore et pleine de grumeaux. Insouciante des petites mains qu'elle brûlait, elle en versait dans les assiettes. Les enfants s'empressaient de rejoindre leur table, de souffler sur leurs doigts endoloris et d'essayer d'avaler cette bouillie infecte.

Tous les soirs devait recommencer le même cérémonial, toujours avec le même menu.

Le matin, on servait de l'eau et du pain rassis qu'un généreux boulanger n'avait pu vendre.

Le midi apportait un autre changement, pour le pire : un ragoût de rat musqué, gris, fade et dégoûtant, dont les pommes de terre et la sauce ne parvenaient pas à rehausser la saveur.

Un jour que je n'avais pu manger un morceau de viande dur et froid, je dus *passer sous la table*, c'est-à-dire me priver du repas et aller en pénitence à genoux dans un coin.

Le dessert consistait généralement en un *pouding chômeur*, une pâte mal cuite arrosée d'une sorte de sirop, un liquide sucré, brun et sans saveur.

Avant chaque repas, une religieuse récitait le bénédicité :

« Bénissez, ô mon Dieu, la nourriture que nous allons prendre et donnez-en à ceux qui ont faim. Amen ! »

Il fallait vraiment avoir faim pour ingurgiter les mets de l'orphelinat.

Pour être gentille à sa façon, à la sortie du réfectoire, la sœur portière donnait sur la nuque de chacun des petits une bonne tape qui aurait voulu être une marque d'affection.

***

Quand j'eus atteint l'âge de cinq ans, pendant les repas, j'eus le privilège d'entendre la lecture de la vie des saints et, quelques fois, des ouvrages historiques. Je trouvais merveilleux que l'on puisse découvrir des personnages extraordinaires et des scènes inimaginables dans les livres.

Je me mis à rêver d'apprendre à lire et à écrire un jour. J'avais été frappé de découvrir que dans l'ancienne Amérique un maître avait fait couper l'index de son esclave surpris en train d'écrire : il était interdit aux esclaves de s'instruire. Je commençai à comprendre que le goût du bonheur, c'était le goût de l'instruction et de la liberté, du moins pour moi.

Je prêtai aussi une attention particulière à mon héros préféré, saint François d'Assise, dont j'entendais raconter la vie exceptionnelle. J'aimais le ton et la poésie de ses paroles, même si je n'en pouvais toujours saisir le sens. J'adorais les anecdotes qu'on lisait sur l'activité du *Poverello*.

Une nuit, paraît-il, il alla chercher un gâteau pour un frère affamé qui n'osait pas dire qu'il l'était.

Il inventa la crèche de Noël, avec les personnages et les animaux vivants.

Il apprivoisa le terrible loup du village de Gubbio et le transforma en ami des villageois qui avaient voulu le tuer.

Il parlait aux oiseaux, plus réceptifs à son message que les hommes, paraît-il.

Je me plaisais à repasser dans ma tête son *Cantique du frère Soleil*, que j'avais entendu plusieurs fois :

Très haut, très puissant, mon Seigneur,
À toi sont les louanges, la gloire et l'honneur ;
À toi seul, Très-Haut, ils conviennent ;
Et nul homme n'est digne de prononcer ton nom.
Loué sois-tu, avec toutes tes créatures ;
Spécialement Messire Frère Soleil
Qui donne le jour, et par qui tu nous éclaires.
Il est beau et rayonnant avec une grande splendeur.
De toi, Très-Haut, il est le symbole.
Loué sois-tu, pour Sœur Lune et les Étoiles.
Dans le Ciel, tu les as créées, claires, précieuses et belles.
Loué sois-tu pour Frère Vent, pour l'air des nuages ;
Et le ciel pur, et tous les temps,
Par lesquels à tes créatures tu donnes soutien.
Loué sois-tu pour Sœur Eau
Qui est très utile et humble,
Précieuse et chaste.
Loué sois-tu, mon Seigneur, pour Frère Feu
Par qui tu éclaires la nuit.
Il est beau et joyeux, robuste et fort.
Loué sois-tu pour notre mère la Terre
Qui nous soutient et nous nourrit,
Et produit divers fruits, avec des fleurs aux mille
couleurs et l'herbe.
Loué sois-tu, pour ceux qui pardonnent pour l'amour de toi ;
Et supportent douleurs et tribulations.
Bienheureux ceux qui persévèrent dans la paix ;

Car pour toi, Très-Haut, ils seront couronnés.
Loué sois-tu, pour notre Sœur la Mort Corporelle
À qui nul homme ne peut échapper.
Malheur à ceux qui meurent en état de péché mortel.
Bienheureux ceux qu'elle trouvera conformes
à tes très saintes volontés ;
Car la seconde mort ne leur fera point de mal.
Louez et bénissez mon Seigneur et rendez-lui grâce
Et servez-le avec grande humilité.

Ce poème grandiose et naïf me réjouissait. Je voyais bien le contraste entre ce joyeux poète et les adultes mesquins, durs et froids, qui nous entouraient et que nous appelions les *vieux enfants*.

***

Une fois par année, nous dérogions à ces agapes spirituelles et à ces rites alimentaires. Nous allions célébrer une fête de la Vierge à l'île d'Orléans, ce coin de paradis abandonné au large de Québec, cette terre bienheureuse qui s'ennuie maintenant de son barde Félix Leclerc.

Sur le traversier, les enfants, sous la direction d'une sœur, récitaient des prières ou bien chantaient des cantiques, interrompus seulement par le mal de mer. En accostant au quai de l'île, ils s'empressaient de vomir. Aussitôt après, ils paraissaient en pleine forme.

À travers les bouleaux, à quelques pas du rivage, l'œil de bœuf d'une auberge déserte fixait les jeunes arrivants avec tristesse. De ses fenêtres crevées sortaient des petites hirondelles qui donnaient la chasse aux grosses mouettes.

Sur la grève malodorante et souillée, on étendait une belle nappe blanche. On y déposait des tartines recouvertes de *tête fromagère*, sorte de hachis de viande de porc mêlé à des fines herbes, un pot de moutarde Condor, des biscuits à la mélasse et des bouteilles de bière d'épinette.

D'une main nous chassions les mouches et, de l'autre, nous cherchions à nous servir. Nous devions faire vite, nous finissions, après notre guerre inutile, comme elles le sont toutes, par baisser pavillon devant l'objectif suprême : un gâteau *crémé*, garni de fraises et grouillant d'audacieux diptères.

Le dessert engouffré à la hâte, nous nous précipitions vers le bateau. Sur la voie du retour, nous pouvions contempler les chutes Montmorency qui dévalaient la falaise opposée.

En les croisant, des touristes français du navire *La Tourelle* envoyaient la main à leurs jeunes cousins distraits par le tangage, les haut-le-cœur et les vomissements.

Pour nous replonger dans l'atmosphère de la fête, une religieuse entonnait des cantiques comme *Regarde avec amour sur les bords du grand fleuve* ou des chansons comme *À Saint-Malo, beau port de mer*. Elle entrecoupait ses refrains de récits sur la découverte de la Nouvelle-France par le Malouin Jacques Cartier.

Notre bateau, le *Daveluy*, faisait un crochet pour permettre aux voyageurs d'admirer le *Château* de Québec, un luxueux hôtel perché sur le cap Diamant, dont le nom rappelle la découverte sur les lieux d'une fausse pierre précieuse.

Nous débarquions sur le quai de Lévis, heureux de toucher terre, de nous dégourdir les jambes et de respirer enfin le bon air du rivage.

Le pique-nique était fini. Les orphelins entreprenaient une autre année de routine, de vie monotone et de repas indigestes à la Désespérance.

***

À part ces exploits alimentaires, l'activité de l'orphelinat se partageait entre l'hygiène, la prière, les jeux pour les *petits*. Pour les *grands*, âgés de cinq ans et plus : le travail. Il fallait y ajouter le sommeil peuplé de cauchemars et de certains croque-mitaines en bures grises.

Dès le réveil, la tête encore pleine d'adultes épouvantables, les enfants se lançaient dans la prière à haute voix. Ils rivalisaient de cacophonie avec les coqs de la ferme voisine et les cloches de l'église paroissiale qui sonnaient à toute volée.

Les yeux à demi ouverts, ils couraient ensuite vers les lavabos, en forme de grandes auges écaillées, se mettre la tête sous les robinets d'eau froide qui sortaient du mur avec une fureur incontrôlée. Il fallait se laver à la main, en se frottant le visage. Le même rouleau de lin, taché et mouillé, servait à essuyer tous les petits visages.

Propres et bien vêtus, en silence, les bambins devaient prendre leur rang, descendre du dortoir à la chapelle pour y entendre la messe basse en latin.

Le petit déjeuner au réfectoire suivait cette cérémonie. Puis la récréation dans une grande salle au parquet verni, glissant comme une patinoire.

Dans une armoire, sous la tribune de la surveillante, à la bousculade, les enfants allaient chercher les soldats de bois pour les aligner au milieu de la place, en rangs de bataille. Les armées du Mal et du Bien s'affrontaient. Le combat faisait rage. Les cris fusaient de toutes parts. L'excitation montait à son comble.

De sa guérite, la sainte chevalière du guet multipliait les commandements guerriers. Elle incitait les combattants à montrer plus d'ardeur. Elle sifflait. Elle chantait la *Marseillaise*. Elle frappait des mains et des pieds.

Puis, brusquement, sadique, elle fendait l'air d'un cri de mort :

« Assez ! Petits sanguinaires ! Assassins ! Voyous ! Allons demander au Seigneur de nous pardonner cette honteuse escapade. »

Penauds, à genoux à la chapelle, les guerriers récitaient un rosaire.

Les plus âgés ne bénéficiaient pas de tels moments de détente. Après leurs dévotions, ils devaient s'adonner à divers travaux manuels : lavage des planchers, épluchage des légumes ; culture et désherbage du potager pendant la belle saison ; déneigement à la pelle, l'hiver ; et soins des animaux de la ferme en tout temps de l'année.

Assis sur un banc crotté, un seau de fer blanc coincé entre les jambes, ils trayaient les vaches qui, reconnaissantes, prenaient un malin plaisir à leur fouetter le visage de leur queue.

Mais, au fond, la compagnie des bêtes les reposait de la présence des adultes.

Les petits *hommes* fréquentaient avec joie les chèvres indolentes, aux barbiches de sénateurs. Le piaillement des poules les amusait comme les jacasseries des bonnes femmes qui, le dimanche, venaient marchander leur adoption. Les chevaux de trait, malheureux et indifférents, se montraient distants comme les bienfaiteurs qui oubliaient leurs pupilles à l'orphelinat. Les enfants riaient de voir les élégantes génisses s'envoyer l'arrière-train en l'air pour attirer l'attention. Les porcs leur rappelaient les personnages grognons qu'ils croisaient à longueur de journée et qui, la nuit, avaient encore l'indécence de déranger leurs rêves.

Ces grandes personnes ne cessaient de leur répéter :

« Vous êtes bien chanceux ! Vous mangez trois fois par jour. Vous logez sous un un toit. Les petits Chinois et les Africains ne peuvent en faire autant. Si vous croyez que la vie est dure aujourd'hui, sachez qu'elle le sera bien davantage demain. »

Ces paroles empêchaient les petits de bien digérer et de bien dormir.

J'ai gardé le plus mauvais souvenir du lavage des planchers de bois noueux, surusés, qui me couvraient les mains d'échardes. Pendant des heures, à genoux, je devais les frotter avec un torchon de jute que je plongeais dans un seau d'eau chaude où un gros morceau de savon caustique avait du mal à fondre et me brûlait les mains.

Cette pénible et fastidieuse vie de travaux forcés et de dortoir, de réfectoire, à part le pique-nique annuel à l'île d'Orléans, ne changeait qu'en une seule circonstance pour moi : le jour de Noël.

***

À l'occasion des fêtes, c'est-à-dire de la Nativité et du jour de l'An, les sœurs accueillaient les *maquignons* d'enfants. À l'intérieur de l'orphelinat, elles leur laissaient le champ libre afin de leur permettre d'observer et de choisir les petites bêtes de somme susceptibles de leur rendre le plus de services possible à la maison ou aux champs.

Dès que les invités ouvraient la porte, les orphelins entonnaient en leur honneur le cantique *Les anges dans nos campagnes* et les accompagnaient ensuite jusqu'à la chapelle.

Bien en vue, à droite de l'autel, s'illuminait un sapin orné de guirlandes multicolores. À son pied, dans une petite étable de bois enneigée, ou plutôt ouatée, une Marie et un Joseph en plâtre se penchaient sur l'Enfant Jésus que, de leur souffle, devaient réchauffer un âne et un bœuf. À l'extérieur piétinaient des moutons, sous la houlette d'un berger.

Devant la crèche brillait une grande assiette de verre qui attendait les pièces sonnantes et trébuchantes des donateurs.

Juché à la cime de l'arbre sacré, vêtu d'une belle robe blanche de papier soyeux, assortie d'ailes argentées et d'une couronne de carton doré, ne sachant point sourire, je devais faire une sorte de grimace pour attirer l'attention des hôtes charitables et susciter leur générosité.

Je restais suspendu là-haut pendant des heures. Sans descendre pour boire ou me dégourdir les jambes, je devais respirer la fumée des lampions et entendre toutes sortes de banalités.

Quand approchait la nuit et que les derniers visiteurs quittaient le sanctuaire, la supérieure ordonnait le *Deo Gratias*, c'est-à-dire le repos, selon la coutume de la communauté.

J'en profitais pour me détacher de mon perchoir céleste. Je brisais les branches. Je tirais sur les guirlandes. Je déchirais ma belle robe. Des lambeaux de mes ailes restaient accrochés au conifère. Tant pis! Les sœurs pesteraient en réparant les dégâts pour la prochaine séance.

J'avais le goût de respirer l'air pur et libre. J'essayais d'oublier les fêtes tristes.

Je me débarrassais de mes oripeaux; et, comme un larron dans la nuit, au pas de course, je fuyais les lieux. Puis, je m'évertuais aussi à éliminer de ma mémoire ou de mes rêves les chasseurs d'enfants.

***

Les *adopteurs* revenaient à la charge, le dimanche, pour choisir définitivement leurs petits esclaves. Ils cherchaient une main-d'œuvre à bon marché : des ouvriers agricoles, des *engagés* dociles, qui mangent peu et travaillent beaucoup.

Au parloir reluisant de propreté et sentant fort le vernis, les orphelins les attendaient en costume bleu marine, bien peignés, sagement assis, les genoux serrés.

Comme ils l'avaient appris, ils lançaient :

« Bonjour, messieurs les bienfaiteurs ! Bonjour, mesdames les bienfaitrices ! »

Sans répondre, les visiteurs se ruaient littéralement sur eux. Ils les obligeaient à se mettre debout.

Ils les examinaient des pieds à la tête. Ils les tâtaient ici et là. En tous sens, ils les tournaient comme des toupies. De leurs gros doigts malodorants, ils en écartaient les lèvres pour vérifier l'état de leurs dents et leurs amygdales. Ils leur tiraient les oreilles pour voir si elles étaient propres. Ils faisaient mine de chercher des poux dans leurs cheveux. Ils les contraignaient à parader pour observer s'ils étaient vigoureux. Ils s'amusaient à leur lever le menton d'une main et à leur pincer les joues de l'autre.

Jamais ils ne leur adressaient la parole. Jamais ils ne leur demandaient leur avis. Ils les manipulaient comme de la marchandise.

Entre eux, au cours de l'épreuve, ils échangeaient tout haut leurs observations du plus mauvais goût comme :

Le blondinet, là-bas, quel joli museau !

S'il n'avait point l'air d'un porc-épic, je prendrais bien cet autre petit.

Avec son allure de chiot battu, je me demande qui voudrait du noiraud.

Le frisé, là, ce serait lui rendre un fier service que de lui développer les bras en lui faisant tenir les manchons de la charrue.

Le pâlot, au champ, ne pourrait être plus malheureux qu'ici.

Le grand aux yeux bruns, que nos cochons seraient heureux de se faire garder par lui !

Tout le vocabulaire de leur ménagerie y passait. Ils prenaient vraiment plaisir à traiter leurs jeunes hôtes comme de futures bêtes de somme.

À la fin, ils jetaient leur dévolu sur les plus robustes.

Les autres, les chétifs, les maigrichons, la camelote humaine, dont j'étais, étaient laissés pour compte.

Pourtant, malgré ces cérémonies pénibles, tous les petits rêvaient de partir avec des parents.

Pour me consoler de ma déception, je jouais aux parents adoptifs avec mes compagnons malchanceux. Nous imaginions un papa, une maman, des frères, des sœurs dans une jolie maison, des jouets, des rires et des histoires autour d'une table garnie de mets savoureux et variés.

En réalité, je devrais subir encore longtemps la discipline rigoureuse, le travail au-delà de mes forces, les écuelles infectes, la froideur et l'hypocrisie des adultes qui me détestaient parce que j'étais faiblard.

Je me sentais blessé dans ma dignité de petit homme. Je restais sur le carreau, si l'on peut dire. Mais je me rappelai toujours avec horreur ces rites inhumains d'adoption, ces dimanches tristes comme des jours de deuil.

***

Dans ce monde austère, dur, impitoyable, monstrueux et complexe, surgit à mes yeux un être enjoué, doux, compréhensif, merveilleux et simple : une femme divine qui éveilla en moi un commencement de confiance dans l'humanité que, jusqu'à ce jour, je considérais comme si peu humaine.

Elle égaya mon enfance. Elle me réconforta. Elle me démontra que la vie pouvait être moins pénible et moins laide que ne la faisait mon entourage. Elle me réconciliait avec certains adultes. « Pour le bonheur ou pour le malheur des hommes, pensai-je avec une certaine joie, elle assurera ma survie. »

Trapue, strabique, les cheveux gris, raides, fous et mal taillés en balai, les hanches et les épaules de même largeur, le visage pâle, rondelet et duveteux, des yeux de grenouille qui fonçaient dans ses lunettes de corne brune, le nez aquilin et long, le menton creux, ouvert comme un sourire, une grosse tête bizarre sur un cou de lutteur, bossue, cette femme, ce Quasimodo en jupon, ployait sous sa corpulence rectangulaire.

Elle se vêtait toujours de la même robe de coton, surusée par les lessives, déteinte, et qui dévoilait sa marque d'origine : un ancien sac de farine Robin Hood.

Affreuse et disgracieuse selon les critères de beauté établis mais absurdes, elle représentait, aux yeux de son petit protégé, un personnage serein, bon, mélancolique et beau.

De cette nature singulière se dégageaient la tendresse, la douceur, l'innocence, la fraîcheur, la générosité, une grâce particulière, un brin de malice et beaucoup de gentillesse, qui me reposaient du monde hideux qui m'entourait.

Après ma mère, que j'imaginais aussi attentive, belle et affectueuse, je la trouvais la plus adorable des créatures.

Béline, c'était le nom de cet être exquis qui s'était donné pour mission de me sauver la vie coûte que coûte. Dans la joie et dans le danger, par tous les moyens à sa disposition, elle s'y consacrait.

Me voyant tous les jours restituer l'infect gruau et le ragoût de rat, elle me passait, sous le tablier, des galettes de sarrasin qu'elle dérobait à la cuisine. Elle profitait de la rupture des rangs et de la confusion qui s'ensuivait pour me les refiler.

Je me demande comment j'aurais pu subsister sans ses charitables larcins dont je me sentais complice, sans peur ni reproche, et même avec un séraphique contentement.

Béline me révéla très tôt, mais pas trop, qu'il existe toujours quelque part, sur cette terre des hommes, un peu de justice, beaucoup de charité et un reste d'amour pour le plus misérable des petits orphelins.

À cette fière délinquante, je dois d'avoir conservé une certaine foi en certains hommes et le courage de vivre malgré les autres, hélas ! majoritaires, qui se fichent de leur prochain, surtout quand il est petit et misérable.

J'avais envie de prier sainte Béline, qui aurait pu être laide et détestable comme les autres si, par la sublime délicatesse de ses sentiments et par sa joyeuse bonté, elle ne s'était transformée en la fée attachante et superbe qui éternellement habitera son âme.

***

C'est elle qui m'expliqua le sort qui avait été réservé à mes frères et sœurs, à part André et François qui étaient classés chez les *moyens* et les *grands* de l'orphelinat.

Leur adoption s'était faite sans cérémonie, sans formalités légales. Bardouche avait simplement dit aux intéressés : « Vous prenez celui-ci ou celle-là. » Et le reste à l'avenant. Alors l'enfant basculait dans une nouvelle famille qui lui donnait son nom, rarement de l'affection et presque toujours du travail.

Les entrepreneurs forestiers MacPherson, enrichis par le favoritisme gouvernemental, accueillirent l'aîné. Du petit jour à la brunante, ils le faisaient bûcher. Ils remettaient son maigre salaire au roi de la Beauce, qui le partageait avec Joseph Dulac.

Le deuxième, adopté par le gérant d'une boîte de nuit de ce cher Bardouche, soignait les chevaux, les attelait ou les dételait selon le bon plaisir des clients de la maison : voleurs, contrebandiers, joueurs et politiciens. Une nuit, on le trouva assassiné : la justice ne sut jamais pourquoi. Avait-il été le témoin gênant de quelque chose de suspect ?

Des agriculteurs avaricieux avaient ajouté le troisième à leur troupeau. L'adolescent mangeait et dormait dans l'étable, avec les vaches et les chevaux. Mal nourri, fluet, on le découvrit mort un matin, allongé près d'un bœuf ruminant et bien gras. On l'enterra sans cérémonie ni regret.

Pour se racheter, disait-on, l'oncle Claudius, qui exploitait des ouvriers dans ses plantations d'Amérique du Sud, donnait aux bonnes œuvres et, en outre, était venu chercher le plus grand des trois pensionnaires de l'orphelinat.

Le *moyen* sortit également de l'institution pour être confié aux bons soins du maire d'un village voisin de Sartigan.

« Quand il y a de la place pour vingt-quatre dans la maison, répétait la sainte mairesse, il y en a pour vingt-cinq. D'autant plus que le dernier nous portera chance et, sans doute, deviendra prêtre. Il est si pieux et distingué. »

À sa fabrique de textile, couverture de ses florissantes rapines, le député embaucha l'aînée des filles parce qu'elle avait la réputation d'être une bonne travailleuse.

Une autre se dévoua à l'Alliance ouvrière, dirigée par sa famille d'accueil. Elle participa à l'organisation des premiers syndicats ouvriers de la Beauce.

Laissée aux mauvais soins de l'acariâtre maîtresse de son père adoptif, un riche marchand, la troisième mourut de tuberculose et de peine trois mois après son adoption.

La quatrième échoua dans une famille de bohémiens, chercheurs d'or. Effectivement, ils en avaient découvert dans le lit de la rivière Plante, affluent de la Chaudière, qui traversait leurs terres. Des escrocs s'emparèrent de leur trésor.

Ces bons samaritains se remirent à donner des spectacles pour faire vivre leurs dix enfants.

Enfin, la plus jeune trouva grâce auprès de Bardouche en personne. Il la considérait comme sa propre fille. Il l'adorait. Il la gâtait. Il lui achetait les plus belles robes et des bijoux. Il lui imposait la morale et l'éducation les plus strictes : la messe, les vêpres, la confession, la communion, le bénédicité, la franchise, l'honnêteté, la politesse et l'instruction. À sa femme qui s'étonnait de son parti pris et de ses contradictions, il répliquait :

« Elle me rappellera la plus belle et la plus instruite de mes anciennes maîtresses. »

Tout compte fait, la plupart de ces enfants s'estimaient moins malheureux que leur petit frère de l'orphelinat.

***

De toute mon âme, je désirais être adopté comme les autres. Je souhaitais avoir des parents, quels qu'ils puissent être.

Je me sentais une sale bête dont personne ne voulait. Je devais être le fils d'un mauvais souvenir. Je rappelais sans doute le malheur et la misère. J'étais un enfant de trop pour ma famille lointaine comme pour les autres ; ou l'enfant de personne, moins qu'un orphelin si possible. Malade, pâle et faible, je n'intéressais surtout pas les acheteurs de petits esclaves.

J'avais l'impression d'être importun. J'empoisonnais la vie de tout le monde. On cherchait à se débarrasser de moi. On attendait l'occasion de me chasser de ma maison, pourtant fort peu accueillante.

Mon père n'était sans doute point méchant mais, alcoolique et sans caractère, incapable ou plutôt épouvanté par la responsabilité de ses nombreux enfants, jouet de Bardouche, il n'avait pour la petite personne de son benjamin que le dernier des soucis.

J'étais malheureux, mais je craignais de l'être davantage si jamais je devais quitter l'insupportable Désespérance. Et j'avais le pressentiment que tôt ou tard, bientôt peut-être, je serais mis à la porte.

Un jour sombre, par coïncidence, la supérieure me convoqua à son bureau.

« J'ai à te faire part d'une décision grave », dit-elle sans même prononcer un bonjour.

Suivit un moment de silence qui me parut une éternité. Assis devant elle, les mains sur mes genoux serrés, je respirais à peine.

« J'ai hélas ! une mauvaise nouvelle à t'apprendre, reprit-elle. Tes bienfaiteurs sont morts dans un accident de la route. Paix à leur âme ! Plus personne ne paie ta pension. Nous ne pouvons te garder gratuitement. Nous avons déjà trop de bouches à nourrir. Il y a trop d'orphelins qui attendent à nos portes. Sois courageux. Tu as sept ans. Tu es raisonnable. Tu es un homme maintenant. Tu peux gagner ta vie sans compter sur les autres.

— Je ne connais personne. Où vais-je aller ?

— Tu te rendras à la gare. Tu prendras le train qui passe dans notre ville et tu fileras vers le village où tu es né. Ton père y vit toujours. Comme charretier, il vient justement tous les jours à la gare. Tu vas sûrement le rencontrer et tu pourras le convaincre de te prendre. Sinon, il y a son ami, M. Bardouche, qui pourrait t'aider : il rend service à tout le monde dans la Beauce.

— Mais je ne connais ni l'un ni l'autre.

— Il faut t'en remettre à la Providence. Et puis, ils devineront bien qui tu es. »

Elle se leva. Elle mit sa grosse main moite sur ma tête et, sans ajouter un mot, elle me montra la porte.

Je ne pus m'empêcher de sangloter. Je traînais mes pas dans le couloir en essayant de penser à ce qui m'arrivait et à ce que je devais faire. J'étais en proie à une intolérable angoisse. J'espérais croiser sainte Béline qui, sans doute, me porterait secours.

Non seulement personne ne m'adoptait, mais on me rejetait même de ma prison, que je ne voulais point quitter par crainte du pire.

***

Tôt ce matin-là, je dus prendre la route de l'exil et du mystère.

Dangereusement, je marchai au bord de la falaise. Comme les sapins rabougris agrippés à sa paroi, j'avais du mal à m'accrocher à la vie. À mes pieds coulaient les eaux grises du Saint-Laurent. N'eût été leur aspect dégoûtant, j'aurais eu la tentation de m'y jeter pour en finir avec mes tristes jours.

Le temps d'un regard, je fus distrait. Je m'émerveillai encore du *Château* que j'apercevais sur l'autre rive, solide, hautain, sans doute heureux. Je me surpris à rêver un instant. Je dressais le bilan de ma brève expérience de ce monde.

J'avais beaucoup souffert de l'hypocrisie des adultes, au point que, dans une certaine mesure et pour éviter les explications ou les histoires inutiles, je m'y conformais aussi en certaines circonstances.

Ne pouvant mieux faire, en guise de sourires j'esquis-
sais des *grimaces* de complaisance, comme du haut de mon
arbre de Noël il n'y avait pas si longtemps. Par politesse ou
par crainte de reproches, mais à contrecœur, je disais
bonjour aux grandes personnes que je croisais et qui ne se
donnaient même pas la peine de me prêter attention. À
l'occasion, avec les jardiniers, je parlais de pluie et de beau
temps comme les autres qui n'avaient rien à dire. Je mas-
quais mon malheur sous des airs d'exubérance et de gaîté.

Ma tête ronde et solide, mes cheveux blonds et frisés,
mes pommettes saillantes et légèrement rouges, mon nez
épaté, mes petits yeux malins et bleus accentuaient en
apparence ma jovialité moqueuse en faisant oublier mon
corps malingre et mon piètre état de santé.

Avec ma place à la Désespérance, j'avais perdu mon
habillement et mes chaussures que je devais laisser à l'orphelinat. Dans les poubelles, j'avais récupéré un pantalon
surusé, des chaussettes dissemblables, un veston rapiécé et
rapé et, pour finir en *beauté*, une vieille paire de souliers de
femme, à talons bas, dont l'un découvrait mon gros orteil et
l'autre dont la semelle décollée lui donnait l'aspect d'une
gueule de loup, savates qui me blessaient les pieds autant
que mon orgueil de garçonnet.

Clopin-clopant, je fis route vers je ne savais quelle
destination.

Je tenais précieusement mon baluchon de toile verte
défraîchie qui enveloppait un grand mouchoir rouge et
blanc, et dissimulait trois galettes de sarrasin que Béline
avait volées pour moi quelques jours auparavant et que, par
une sorte de pressentiment, j'avais mises en réserve.
Surtout, j'y cachais le trésor des trésors : un petit canif avec
une seule lame d'acier et un manche de bois, qu'à ma sortie
de prison ma mère m'avait glissé dans la main comme un
porte-bonheur.

J'avançais distraitement, avec l'espoir qu'un passant,
n'importe qui, m'emmènerait dans sa maison.

Je ne regardais pas en arrière. Je jetais un coup d'œil à
droite ou à gauche et, selon mes souvenirs des pique-nique à

l'île d'Orléans, j'optai pour la voie de gauche au premier carrefour.

Je déambulais comme un somnambule, de temps à autre éveillé par le rire narquois des promeneurs et des enfants qui s'amusaient fort de ma tenue bizarre.

L'automne dépouillait de leurs feuilles les peupliers de Lombardie et les érables qui bordaient le chemin. Les sapins, toujours verts, contrastaient avec l'herbe jaunie des parterres, des jardins et des champs. Près d'une maison, le vent furieux avait rompu les fils électriques et couché un énorme saule pleureur.

Des navires s'élevait une plainte rauque qui fendait la brume au-dessus du fleuve. Le bruit des vagues énormes y ajoutait son horreur.

Des chevaux, attelés à de luisantes calèches noires et attachés aux balustrades des villas bourgeoises, piaffaient d'impatience. Par les fenêtres sans rideaux, j'apercevais les maîtres en train de jouer aux cartes, une bouteille d'alcool à portée de la main.

Un ciel lourd, humide et sombre écrasait la terre.

À peu de distance, je discernai une locomotive qui, avec orgueil, déroulait dans l'atmosphère sa fumée anthracite. Elle sifflait lugubrement Elle roulait à toute vapeur. Elle accéléra puis, brusquement, elle freina, pour s'arrêter dans un épouvantable fracas de ferraille devant un édifice de planches rouges, au toit de bardeaux noirs : la gare de Lévis.

Je déposai mes bagages sur le quai et j'observai la situation en essayant de deviner ce que je devais faire.

***

Les voyageurs descendirent des wagons, aussitôt remplacés par d'autres qui, à qui mieux mieux, se bousculaient pour y monter. J'en profitai pour me glisser entre leurs petites malles.

Je m'installai dans la première voiture, sur une banquette de cuir poussiéreuse, à côté d'un grand monsieur à lorgnon, l'œil malin, une montre en or enchaînée à la poche droite de sa veste, endimanché, avec un air emprunté qui lui paraissait naturel : d'ailleurs, j'avais déjà observé que les adultes étaient rarement eux-mêmes.

Je ne me sentais pas à mon aise. Je m'immobilisai, raide comme une statue, les mains jointes entre les genoux.

Les passagers lançaient leurs bagages sur les tablettes, sans se soucier des coups qu'ils me portaient en passant.

Les portières se refermèrent avec fracas.

Marche avant, marche arrière, le train ne se décidait pas à repartir. Et, tout à coup, dans un joyeux empressement, il s'éloigna enfin de la gare. Avec détermination, il me lançait dans l'aventure.

Pour lever le store de la fenêtre, je dus passer le bras sous le nez de mon voisin. J'en reçus une bonne gifle et un bon conseil :

« Petit polisson ! On s'excuse quand on passe devant le monde. »

N'ayant pas de famille et personne ne s'étant préoccupé de m'apprendre quelque chose, je ne connaissais point les bonnes manières des adultes grossiers.

Je n'osai ni protester ni m'expliquer. Je savais qu'un orphelin n'a que le droit de se taire. Je me retins de pleurer en me rappelant l'affirmation de la supérieure de la Désespérance : « Un homme ne pleure pas... »

La locomotive reprit sa route, à partir des chutes qui, à la hauteur de Québec, creusaient une *chaudière*, à l'origine du nom de la rivière qui accompagnait le chemin de fer jusqu'à Sartigan.

La saison automnale avait transformé les coteaux en paysages de féerie. Les feuillages jaunes et rouges des érablières se déployaient dans un décor pittoresque et splendide de couleurs, de bosquets et de prairies.

Je découvris le monde hors les murs de l'orphelinat. Pour moi, comme pour un navire, le train filait sur un océan de mystère, de rêve, d'inquiétude et d'espoir malgré tout. Pour reprendre goût à la vie, je me plaisais à imaginer que moi aussi, peut-être, j'arriverais à bon port.

Autour de moi, personne ne s'intéressait à personne. On s'absorbait dans une apparente et profonde satisfaction de soi. On succombait au confort bienheureux du convoi qui roulait, libre et désinvolte, le seul être pour qui, naturellement, tout allait sur des roulettes...

***

Cependant, le contrôleur paraissait ennuyé, mal à son aise, sans doute malheureux du bien-être des autres. Il se montrait nerveux et même agressif à certains moments. Rien ne pouvait le distraire de sa tâche ni de sa mauvaise humeur. Il avait particulièrement à l'œil le petit se trouvant à côté d'un personnage qui avait l'air important.

Des passagers dévoraient leurs tartines à la tête fromagère, débordant de moutarde. Entre deux bouchées, ils rattrapaient leurs journaux pour les lire en diagonale.

Des ronfleurs, la bouche ouverte, ne distrayaient personne.

Des hommes mastiquaient des chiques de tabac et les crachaient dans l'allée.

Quelques-uns, l'air idiot, s'amusaient à regarder monter la fumée de leur pipe.

Des snobs reniflaient bruyamment des prises dans leur belle tabatière de saphir.

Solennel, mon voisin sortit son havane à bague dorée. Il l'admira. Il l'approcha de sa bouche pour le mâchouiller et, ensuite, rejeter un mélange de tabac et de salive. Avant de l'allumer, il jeta un coup d'œil sur la compagnie qui pouvait le regarder. Il l'aspira enfin en se creusant les joues. Puis il le retira en me lançant une bouffée âcre au visage et en éclatant d'un rire grotesque.

Je toussotais encore quand surgit le receveur en uniforme noir, moustachu, casquette sur les yeux, l'air inquisiteur d'un flic.

« Ton ticket ? » me réclama-t-il d'un ton bourru.

Je me demandais ce que pouvait être cette étrange chose. Mon expérience de la prison et de l'orphelinat ne m'avait pas appris les secrets de la civilisation du transport. À part l'automobile de mes payeurs de pension, que j'avais empruntée une seule fois, et le traversier *Daveluy*, qui faisait une fois par année la navette entre Lévis et l'île d'Orléans, je ne connaissais que la gratuité des chevaux et des charrettes.

J'aurais voulu poser des questions ou, du moins, m'excuser de mon ignorance. Je n'osai point. Pétrifié, l'air inquiet, je fixais l'officiel. « Sans doute, me disais-je, pense-t-il que je me moque de lui ? Comme la plupart des grandes personnes, il a peut-être du mal à comprendre les enfants, surtout ceux qui sortent de l'orphelinat... » Je ne tardai pas à m'en rendre compte.

« Abruti ! Polisson ! Espèce d'idiot ! Veux-tu rire de l'autorité ? » fulmina-t-il.

À ces gentillesses, je ne pus que répondre par des larmes qui, malgré moi, me glissèrent sur les joues.

Le terrible personnage parut s'en émouvoir. Il se ressaisit. Il succomba à la condescendance.

« As-tu de quoi payer ton passage ? reprit-il d'une voix presque douce.

— Oui ! Bien sûr ! J'ai mon canif, répondis-je.

— Mais tu n'as pas d'argent ?

— Est-ce absolument nécessaire ? » demandai-je, moi qui n'avais vu dans ma vie que les pièces de monnaie déposées au pied de l'arbre où je me trouvais juché le jour de Noël. D'ailleurs, je n'avais pas compris à quoi servaient ces vulgaires petits morceaux de métal.

L'homme au cigare s'interposa. Il offrit de payer à ma place.

Je m'y opposai :

« Merci ! Je ne peux vraiment pas accepter.

— Et pourquoi donc ?

— Parce que je n'ai rien à vous donner en retour. »

Impatient, l'espèce de gendarme finit par mettre mon petit couteau dans la poche de sa veste et il s'éloigna.

En me départissant de cette chère relique, j'avais l'impression de perdre une autre fois ma mère, dont je n'avais d'ailleurs qu'un vague souvenir et dont je n'avais plus de nouvelles depuis mon départ de la prison. J'avais le sentiment qu'il ne me restait plus rien ni personne au monde.

Bien fort, discrètement, avant de la remettre au receveur, je l'avais serrée dans ma main. Cet homme dur avait prélevé un lambeau de mon âme.

Comme si rien de grave ne s'était passé, il distribua à droite et à gauche des salamalecs serviles et un sourire de circonstance. Mon désespoir le laissait indifférent. « Avait-on idée de se promener ainsi sans cet argent qui mène et transporte le monde, et Dieu sait où ? » devait-il se demander.

Le *mâchonneur* de cigare s'étonnait aussi de la bêtise de ce pauvre garçon. Un peu méfiant, après l'avoir toisé, il daigna lui adresser la parole :

« Veux-tu bien me dire où tu vas avec un pareil habillement et sans le sou ? Tu as l'air d'un épouvantail à corneilles. »

Ce n'était pas la saison de ces gentils passereaux qui, comme les riches Québécois bien emplumés, vont hiverner dans le sud de l'Amérique pour ne revenir au pays qu'à la floraison des perce-neige.

Ce n'était sûrement pas moi qui aurais voulu faire peur à ces oiseaux, que j'aimais comme tous les êtres méprisés.

Je devinais une certaine inquiétude chez mon interlocuteur. J'hésitais à lui répondre. Dans ma tête, je cherchais le nom du village de ma mère, dont une seule fois on m'avait parlé. Je ne parvenais pas à me le rappeler. Toutes sortes de noms étranges se mêlaient et défilaient dans mon esprit. Puis, tout à coup, je crus m'en souvenir. Je m'exclamai :

« Sartigan ! Connaissez-vous Sartigan, monsieur ?

— C'est mon pays. Justement, j'y reviens.

— Je cherche mon père. À l'orphelinat, on m'a dit qu'il était voiturier à Sartigan.

— Quel est ton nom ?

— Jean Dulac. »

En un clin d'œil, le visage de mon voisin passa du rouge au blanc. L'air déçu, grimaçant, il poursuivit :

« Je travaille avec ton père. Je t'expliquerai plus tard. Penses-tu que tu pourrais le reconnaître ?

— Je ne me souviens pas de lui. Il n'est pas venu me voir à l'orphelinat.

— J'aurai peut-être l'occasion de te le présenter. »

Dans ce garçon malingre, élancé, pâlot, il avait du mal à identifier le bambin qu'il avait autrefois confié à une malheureuse prisonnière puis, de loin, à l'orphelinat. Il se montra embarrassé. Il redevint muet comme une carpe et, jusqu'à la fin du voyage, il n'échangea plus une seule parole avec moi.

À ce moment, un serveur apporta une soupe aux pois fumante, du pain de ménage, du vin d'Ontario et une assiette de pot-au-feu à la québécoise. Il déposa son plateau sur la table rabattable du *silencieux*.

J'avais faim. Je reluquais ses plats. Il détourna la tête.

Le glouton mit le nez dans son bol, dont il avala le contenu rapidement.

À toute vapeur la locomotive fonçait dans la vallée de la Chaudière. Elle accélérait, pressée de parvenir à destination.

De la fenêtre, comme sur un écran, pour la première fois, j'observais le riche et triste paysage beauceron qui se déroulait sous mes yeux.

À perte de vue s'étendaient les prairies sur les coteaux et sur les rives plates de la rivière, qu'on appelait les fonds. Des moutons insouciants y broutaient. Les vaches ruminantes nous tournaient le dos, sans doute pour admirer le faîte multicolore des collines.

Des maisons de bois gris, brûlées par le soleil, s'alignaient le long du Grand Chemin, entre la voie ferrée et la rivière, et cachaient la misère des paysans.

Ici et là, des mélèzes dénudés faisaient les morts.

À défaut de pain, je me nourrissais de belles images.

Le goinfre d'à côté engouffrait, pêle-mêle et goulûment, viandes, légumes et vin. Il avait l'air de ne vouloir rien gaspiller. À un moment donné, il souleva son assiette pour en lécher le fond. La bouche encore pleine, il allait peut-être reprendre la conversation quand il se sentit déstabilisé par le train qui s'immobilisait.

En rotant, il se leva pour tirer ses valises du haut des tablettes, sans faire attention à ma petite personne qu'il bousculait. Au pas de course, il se mêla à la foule qui se dirigeait vers la sortie.

Je le suivais des yeux. Je comprendrais plus tard à quel degré de perfection il avait poussé l'art politique de la gentillesse opportuniste et de la duplicité.

Il s'adressait aux passagers en les appelant par leurs prénoms ou bien en faisant allusion à leurs menus problèmes.

« Toujours ravissante, Joséphine ! Comment vas-tu ? » s'enquérait-il auprès d'une affreuse pimbêche.

« Mon pauvre Arthur, ta fille est-elle sortie de l'hôpital ? » s'informait-il auprès du huissier du village, avare et riche comme Harpagon, paraît-il.

« La récolte de lin a été bien bonne, n'est-ce pas ? Les serviettes ne se vendront pas cher cette année, hélas ! » annonçait-il à un paysan inquiet.

À tort et à travers, il multipliait révérences et politesses. Il levait son chapeau devant des inconnus aussi bien que pour des connaissances. Un vrai politicien !

Dans la bousculade, sans perdre mon baluchon, je tentais de me frayer un chemin pour suivre ce sauveur que le hasard avait mis sur ma route.

En passant, par exprès je le confesse, je marchai sur les pieds du receveur. Je voulais attirer son attention et lui rappeler de me rendre mon canif. Je provoquai sa colère :

« Décampe ! cria-t-il. Petit polisson ! Sale petit bâtard ! Malappris ! »

De justesse, j'évitai son coup de pied. Au loin j'apercevais la fumée du fameux cigare. Je me mis à courir après.

Un instant j'oubliai mon porte-bonheur qui disparaissait avec l'horrible flic des tickets...

CHAPITRE IV

Le village à deux faces

*Il y a toujours
dans notre enfance
un moment
où la porte s'ouvre
et laisse entrer l'avenir.*

GRAHAM GREENE

Sur le quai de la gare de Sartigan, tout le monde s'embrassait à la hâte, presque distraitement. Puis, on se bousculait à qui mieux mieux, sans se regarder ni s'excuser. On courait vers les voitures à chevaux.

De nouveau, je perdis mon protecteur de vue. Mais comme il dominait la foule de toute la tête et qu'il parlait d'une voix puissante, je finis par le retrouver facilement. Il réagit très mal :

« Tiens ! Tiens ! Te revoilà ! Quel casse-pieds ! Il n'y a donc pas moyen de te semer ? »

Du même souffle il se vit contraint de me présenter au cocher qui s'approchait :

«Mon cher Joseph, voici ton petit dernier. Il sort de l'orphelinat. Ses cochons de bienfaiteurs sont morts dans un accident. Les sœurs ne pouvaient le garder gratuitement, tu le devines. Il va bien falloir s'en occuper maintenant. Fais-le monter dans la voiture. On verra plus tard comment en disposer.

— Dites, monsieur Bardouche, protesta le père Dulac, de toutes les forces de sa faiblesse, vous n'allez pas me l'imposer. De peine et de misère, j'organise ma propre vie. Je ne suis pas capable de prendre un enfant à ma charge.

— Ne t'inquiète pas. Nous le ferons travailler et il te rapportera. »

Je m'étais assis sur la banquette arrière, bientôt rejoint par le maître du monde beauceron. Je me faisais tout petit sous la couverture de laine. Je craignais toujours que l'un ou l'autre de mes féroces compagnons ne me jette par-dessus bord, dans le fossé.

Mon père continuait de ronchonner.

Bardouche fumait son cigare en silence. Il devait mijoter un mauvais plan à mon sujet. Je m'en inquiétais.

Sa fumée, poussée par le vent, m'envahissait le nez et me brûlait les yeux. J'avais du mal à me retenir de tousser. Je m'efforçais de me faire oublier de ces adultes qui ne songeaient qu'à se débarrasser de moi.

Pourtant, je n'avais pas le choix. Je devais m'accrocher à eux. Déjà mes jeunes années avaient affronté un océan de misères. Pour me sauver, il ne me restait pas d'autre planche de salut, hélas ! que cette humanité pourrie.

Une dernière fois avant notre mise en route, mon père fouetta le cheval. Il se défoulait. Sans doute avait-il l'impression de cravacher un peu le fiston qui l'importunait. Il se renfrognait. Il n'avait sûrement pas envie de m'initier à la chaleur humaine.

Son maître mâchonnait et fumait son cigare. À tout bout de champ, à droite ou à gauche, il crachait une salive brunâtre. Je n'osais même pas réagir quand des gouttes me frappaient au visage.

À part son nom et les vagues souvenirs de la sœur qui m'en avait parlé, je ne savais rien du village où j'échouerais avec mes deux rébarbatifs compagnons. Je commençais à comprendre ce que les religieuses m'avaient appris : l'univers se partage entre l'enfer et le ciel, les bons et les méchants ; et, pour la plupart des gens, la terre est l'antichambre de la maison infernale.

Nous descendîmes l'abrupte côte de la Gare. Malgré ses fers, le cheval glissait. Chaque soubresaut de la voiture provoquait des jurons retentissants. À l'orphelinat, je n'avais entendu que le langage impeccable et pur des religieuses. Pour moi, le vocabulaire sacré était réservé à la prière. Je trouvais bien disgracieux les propos insignifiants et vulgaires assortis de jurons comme *Christ* et *Tabernacle*.

Après le premier tournant, nous longeâmes le Bois-des-Amoureux, un boulevard tout en courbes capricieuses, couvert d'un dôme de branches d'ormes qui ombrageaient la Chaudière. Ni lune ni lampe ne l'éclairaient. Un véritable tunnel qui donnait à la petite lanterne de notre voiture une allure funèbre.

Tout à coup, notre rossinante se mit à se rebiffer. Elle avait l'air de buter contre un obstacle. Elle se montrait rétive.

Bardouche pestait. Le cocher jurait de plus belle. À tour de bras, il fouettait la pauvre bête. Elle hennit. Elle leva et plia ses pattes de devant. Elle évita une chute de justesse avant de s'immobiliser.

Je sautai par terre et je saisis la bride, croyant entendre une plainte.

Le paternel cria :

« Laisse faire ! Laisse faire ! Ce n'est rien ! Un chat, peut-être ? Ne perdons pas de temps. Monte ou ce sera toi qui auras mon prochain coup de fouet.

— Mais il y a un blessé, lui dis-je. Il agonise. Il faut faire quelque chose. »

Un enfant de mon âge, blond et frisé, gisait sur le gravier. Il avait le visage couvert de sang. Il gémissait. À la lueur de notre lampe, j'ai vu qu'il allait expirer.

Au moment où je voulus le prendre pour le transporter dans la voiture, je reçus un coup de poing sur la tempe droite et je tombai, inconscient, près du moribond.

Plus tard, un témoin révélerait que mes deux compères avaient mis le blessé et une pierre dans un gros sac de jute, comme il en traînait toujours dans les voitures, puis qu'ils l'avaient jeté dans la rivière. En ce temps-là, en ce pays, on avait l'habitude de se débarrasser ainsi des portées encombrantes de chiots ou de chatons.

Je me suis réveillé sur un banc du *Palais des Amours*, le quartier général du commandant Bardouche, entouré de rangées d'arbres et de hauts murs, gardé par des chiens policiers. Du coin d'un œil à demi ouvert, j'observais les alentours.

Mon père et son maître ronflaient, la tête appuyée sur le comptoir du bar. Derrière, le barman essuyait les verres en chantant des airs à la mode. Un reste de cigare brûlait dans un cendrier.

J'éprouvais un irrésistible dégoût. Je sortis pour respirer un peu d'air frais. Le portier en uniforme me regarda avec indifférence.

Le cheval hennit de joie. Nous sympathisions. Je lui caressai le museau. Il secoua la tête. Je faisais la connaissance de mon premier ami à Sartigan, et peut-être le seul.

Je me demandais pourquoi le cocher s'acharnait à le frapper. Sans doute le détestait-il autant que moi? Ou à cause de moi? Pour se débarrasser des ennuis que je lui occasionnais, il nous aurait bien mis tous les deux dans le même sac si possible, comme disaient les Beaucerons, pour nous jeter à l'eau.

Personne n'aimait personne, même si tout ce beau monde des grands s'embrassait sur le quai de la gare ou ailleurs.

***

Je suis monté m'asseoir à la place du conducteur, sans avoir la moindre idée où j'irais ensuite. Je ne pus résister à la somnolence en attendant que mes deux soûlards sortent de leur bordel où, on me l'a révélé un jour, ma mère était venue surprendre son mari avec une putain qu'elle fut accusée d'avoir assassinée.

Le bruit de l'équipe de jour qui rentrait au *Palais* me tira de mon demi-sommeil. Tout de suite quelqu'un s'empressa de faire tourner à tue-tête, sur un vieux gramophone, une chanson que j'avais souvent entendue à l'orphelinat :

Votre avion va-t-il au Paradis ?
J'aimerais tant y aller moi aussi.
Ma mère y est rendue, on me l'a dit.
Je m'ennuie d'elle chez nous.
Vous n'aurez qu'à m'y laisser en passant.
J'y retrouverai ma chère maman.
Emmenez-moi donc, je suis si petit,
Avec vous au Paradis.

Au Paradis ou ailleurs, j'aurais aimé aller au bout du monde pour retrouver ma mère.

Mais trêve de rêves inutiles ! Mes ivrognes s'amenaient. Ils s'écrasèrent sur la banquette arrière de la voiture, en s'appuyant l'un sur l'autre. Je détachai le cheval qui, sans que j'aie à tenir les guides, nous conduisit droit chez tante Elvire.

Hélas ! je devrais bien souvent revivre ce triste *manège*.

***

Ma tante accueillit avec colère mes deux acolytes, aux petites heures d'un matin gris et maussade. C'est à peine si elle remarqua ma présence.

Elle crachait ses paroles de dégoût :

« Bande d'ivrognes ! »

Les menaçant de sa canne, elle se leva légèrement de sa chaise pour y retomber et reprendre aussitôt son discours :

« Sales cochons ! Vous ne serez jamais assez malades à mon goût ! Allez donc dans votre soue là-haut ! Au plus vite, que je ne vous voie pas la face une seconde de plus ! »

En brave chrétienne, prise ensuite de regrets, elle s'imposa un rosaire d'expiation avant d'aller dormir.

J'allai couvrir et border ses hôtes, comme j'aurais aimé qu'on le fît pour moi.

Je revins pour sommeiller dans le réduit que ma tante m'avait indiqué, sous l'escalier, à côté du chien. Je ne parvenais pas à dormir. Je rêvais de faire la connaissance de cette femme qui était la sœur de ma mère et qui, sans doute, pourrait m'en donner des nouvelles.

C'était une vieille infirme, pieuse, qui ne pensait qu'à la mort et à Dieu quand elle n'en était pas distraite par ses deux chenapans, comme elle les appelait.

Enfin, je me rendis compte qu'elle avait deviné qui j'étais. Elle me plaignit un peu tard, le lendemain de mon arrivée. Elle m'invita à me rapprocher de sa chaise pour me confier un secret.

« J'ai quelque chose d'important à te dire, murmurat-elle d'une voix douce. Maintenant que tu es un homme, tu vas comprendre. Tu as dû te demander ce qu'était devenue ta mère ?

— Bien sûr ! Souvent ! Jamais les sœurs n'ont pu ou n'ont voulu me dire où elle était et ce qu'elle faisait. Elles me racontaient toujours qu'elles n'en savaient rien, que sans doute elle était à l'hôpital.

— Eh bien ! sois courageux, mon petit, je vais tout t'expliquer franchement. Selon le juge, ta mère était en prison pour avoir mis fin aux jours d'une femme de mauvaise vie qui avait fait beaucoup de mal à ton pauvre père. Moi, je ne croirai jamais que ta maman a tué quelqu'un. Elle était bonne, intelligente et honnête. C'était une sainte. Les hommes de loi ont commis une erreur. Dieu ne la juge certainement pas de la même façon que les hommes. J'espère qu'un jour on apprendra la vraie vérité. Après ton départ de la prison, où tu as séjourné quelque temps avec elle avant d'entrer à l'orphelinat, ta mère a perdu l'appétit. Elle refusait de manger. Elle ne pouvait pas dormir. Par-dessus le marché, elle est tombée malade. Elle se sentait toujours fiévreuse et fatiguée. Elle toussait. Elle crachait du sang. Elle avait des sueurs. Elle maigrissait à vue d'œil. Personne ne lui rendait visite. J'aurais bien voulu le faire mais, avec ma paralysie, je ne pouvais pas sortir d'ici. Alors, quelques semaines plus tard, elle est morte de peine et de tuberculose, seule au fond de sa cellule, en prononçant ton nom. Sois certain, mon petit, que ta mère est entrée tout droit au paradis. Elle était si vertueuse et charitable ! »

Je me réfugiai dans mon coin sans rien dire. C'était un dimanche. Je ne commencerais à travailler que le lendemain. J'avais tout mon temps pour pleurer. J'entendais ma tante me faire écho en sanglotant.

***

Célibataire, vivant seule, par charité chrétienne tante Elvire Roy-Morin hébergeait son beau-frère alcoolique, et parfois ses amis, dans sa modeste maison grise, presque voisine et jumelle de l'école du rang Jolicœur, à quelques pas des terres agricoles et de la forêt.

Sa mansarde datait du dix-huitième siècle, du début de la colonisation beauceronne.

À l'extérieur, elle devait mesurer dix mètres. Les fondations en pierres des champs s'enfonçaient un mètre dans le sol.

Les murs se composaient de pièces de cèdre empilées, calfeutrées d'étoupe sèche recouverte de mortier. Aux coins, ils étaient assemblés en queue d'aronde. On les avait lambrissés de clin naturel qui, avec les brûlures du soleil et le temps, était devenu gris.

Des bardeaux de bois, également gris pour les mêmes raisons, couvraient le toit à pignons.

Aux extrémités s'élevaient deux cheminées.

Au rez-de-chaussée, des fenêtres à doubles vantaux et à six carreaux permettaient, quand leurs persiennes n'étaient pas fermées, l'entrée du jour. On en avait percé deux plus petites dans les pignons.

La porte de la façade s'ouvrait sur la cuisine, qui servait de salle à manger ou de salle commune ; cette pièce était meublée d'une table, de chaises et d'un poêle à bois qui se transformait en cuisinière. Ma tante, à demi paralysée, s'y berçait à longueur de journée, en récitant son chapelet et en regardant passer le boulanger, le vendeur de glace, le laitier et le livreur de bois de chauffage; ou en surveillant avec inquiétude l'arrivée de son beau-frère.

Elle s'était réservé la grande chambre du fond.

À droite, le salon ne découvrait les meubles de ses draps de coton blancs que les jours de grande visite.

Sous l'escalier, qui menait au premier étage, appelé le grenier, j'occupais un recoin trop froid l'hiver et trop chaud l'été, sans aération. J'y dormais peu et mal sur ma paillasse poussiéreuse.

En haut, dans une chambre à débarras, mon père disposait d'un lit.

Une trappe percée dans le plancher de la cuisine, fait de planches noueuses qui gardaient le souvenir d'une peinture jaune, donnait accès à la *cave*, haute d'un mètre, où l'on entreposait, sur la terre battue et les pierres du solage, les légumes, les fruits et des pots de conserves de toutes sortes.

Un crépi recouvrant un lattis rattaché à une *foulure*, retenue aux pièces par des clous, garnissait les murs intérieurs qui soutenaient un plafond bas.

À quelques mètres de la maison, un cabinet d'aisances, siège troué au-dessus d'une fosse, représentait à l'époque, du moins à la campagne, le confort moderne.

Un tas de fumier le séparait de l'étable, qui abritait une vache, un cheval et des poules, et de la grange grise, où s'entassait le foin et où l'on mettait les voitures: charrettes, carrioles et traîneaux.

Le gris m'est toujours apparu comme une couleur terne et désagréable, sinon triste. Il me rappelait les pierres grises de la prison ou de l'orphelinat et les jupes de certaines sœurs croque-mitaines. Et toujours à cause du mauvais sort sans doute, ou du mauvais temps, je me retrouvais encore dans une maison grise, en compagnie d'une tante qui portait aussi une robe grise.

***

La maison paraissait encore plus lugubre lorsque tante Elvire devait aussi endurer la présence occasionnelle de Bardouche, qu'elle ne pouvait pas sentir. Elle s'en méfiait.

Ce Sartiganais d'adoption, mielleux, sournois, doux et dur à la fois, bienfaisant et cupide selon les circonstances, ce monstre de contradictions représentait le pouvoir, l'argent, la bondieuserie, parfois une certaine bonté inhabituelle qui lui valait le respect universel, sinon toujours sincère, de ses concitoyens mais qui, néanmoins, leur inspirait une crainte parfois salutaire.

Sans voler l'élection, il aurait pu facilement se faire élire député à l'Assemblée législative. Il n'y tenait pas. Il préférait assumer le pouvoir sans en endosser les inconvénients. Il manipulait les politiciens et les bourgeois à sa guise, avec une parfaite hypocrisie et de belles manières. Devant ces avachis, il maniait la carotte et le bâton avec bonheur et plaisir.

Sur le perron de l'église, après la messe du dimanche, croisant un collègue de la petite mafia locale, il lui serrait chaleureusement la main pour aussitôt se retourner et en faire autant avec le président de la Ligue du Sacré-Cœur.

Un peu plus loin, en mal de galanterie, il s'empressait de baiser la main de la présidente des enfants de Marie, à la fois gênée et ravie.

Il se rendait à la sacristie pour saluer les marguilliers en train de faire le compte de la quête du dimanche. Il y allait d'un supplément de dix dollars en prétextant, avec mille excuses, qu'il se trouvait absent à l'heure de la tournée dans l'église.

Il prenait congé pour échanger des bons mots avec une haie d'admirateurs, des envieux en sursis, il va de soi.

Les gens prétendaient ne point s'y tromper : ces belles manières devaient cacher quelque chose de louche. Et puis, que savait-on de ce personnage au nom bizarre et au comportement étrange ? Il n'était sûrement pas tombé du ciel. On avait plutôt l'impression qu'il venait d'en bas.

Un beau jour, ils comprirent un peu.

Après la grand-messe, deux policiers vinrent brutalement se saisir de l'homme mystérieux, sur le perron de l'église.

«Suis-nous!» commanda irrespectueusement le plus costaud des sbires; et il ajouta, avec une joyeuse ironie:

«C'est à notre tour de faire la loi. Nous t'avons réservé un appartement de luxe pour te donner le temps de réfléchir là-dessus.»

Bardouche parut se soumettre de bonne grâce aux caprices de l'ordre et de la loi.

Les spectateurs éprouvèrent de la sympathie pour le persécuté. Ils murmuraient contre la brutalité policière. Mais personne ne leva le petit doigt pour vraiment protester. Chacun tourna le dos au bienfaiteur afin de vaquer à ses affaires, vite oublieux de ses bontés.

«Il n'y a pas de fumée sans feu, se plaisait-on à répéter. Sans doute qu'il ne l'a pas volé. Après tout, il doit bien mériter ce qui lui arrive. Ses jours parmi nous sont comptés. Tant mieux!»

Je ne sais pas si le héros devinait l'ampleur du mépris qu'il suscitait, mais il déversait son fiel et il faisait planer ses menaces sur ses compagnons de circonstance:

«Vous ne l'emporterez pas au paradis. Vous allez me le payer cher. Vous verrez bien de quel bois je me chauffe et qui mène en ce pays, leur annonçait le tout-puissant justiciable.

— Nous faisons notre devoir, reprenaient en chœur les deux flics. Nous exécutons les ordres de la cour. Nous savons bien que vous vous en tirerez, quelles que soient les preuves contre vous.

— Quelles preuves?

— Les déclarations des ingénieurs du barrage du Rapide-du-Diable, qui ont trouvé le cadavre du jeune Mélanson, à la hauteur de votre *Palais*. Une voisine vous a vus, vous et Dulac, ficeler un gros sac et le jeter dans la rivière. Et votre propre neveu, le jeune Dulac, nous a raconté le reste de l'histoire.

— Messieurs, je n'ai point de neveu de ce nom. Le Dulac en question, je m'en occupe par charité. D'ailleurs, j'aurais dû le laisser crever.»

Pris au piège, le lion se sentait impuissant, mortifié. Toutefois, en s'approchant du palais de justice, il sourit de contentement. Il songeait que si c'était le juge Tabotin qui siégeait, tout pourrait s'arranger aisément : le juge ne lui devait-il pas sa nomination au tribunal ?

Par un heureux hasard, c'est justement lui qui le reçut avec une sympathie reconnaissante :

« Ôtez-lui les menottes et laissez-nous seuls », ordonna-t-il aux agents de la paix. Puis il offrit un fauteuil et un cigare à son *parrain* avant de l'interroger sur sa visite inattendue :

« Qu'est-ce qui t'arrive, mon cher Ésiof ? »

Pour toute réponse, il se fit mettre sous les yeux le mandat d'arrestation signé par son collègue Thomas Jalbert :

Québec, district de Beauce.

Sa Majesté le Roi *contre* Ésiof Bardouche.

Attendu que ledit Ésiof Bardouche est soupçonné du meurtre de Pierre Mélanson ;

Attendu qu'il est dans l'intérêt de la justice de l'arrêter et de le détenir ;

Par les présentes, j'ordonne à tout agent de la paix du district de Beauce de l'appréhender et de le conduire devant un magistrat compétent ; et, en attendant, de le détenir dans la prison commune.

Des enquêteurs honnêtes, profitant de l'absence de Tabotin, s'étaient adressés à un autre juge. Mais Tabotin était revenu dans le paysage et il remit son ami en liberté jusqu'à son procès, enjoignant aux policiers de le reconduire chez lui.

Dans les journaux du lendemain, on pouvait lire en manchette : « ARRESTATION DU BIENFAITEUR DE SARTIGAN ».

Cette nouvelle déclencha des réactions en chaîne dans divers milieux. Des électeurs écrivaient au premier ministre pour lui faire part de leur indignation. Le député se barricadait dans sa maison, soupçonné de vouloir se venger du trop influent Bardouche et d'avoir comploté son arrestation. Des paroissiens priaient pour son acquittement.

Lorsque, le dimanche suivant, il réapparut sur le perron de l'église, on se pressa pour lui serrer la main et lui souhaiter bonne chance. On lui promit une loyauté indéfectible. On tentait de lui faire oublier qu'on avait souhaité son malheur.

Cependant, bien des sceptiques continuaient de se poser des questions sur cet étrange personnage, sans oser les formuler tout haut. On le sentait trop fort. On le craignait. On se croyait tenu de le respecter en apparence.

Bardouche alla saluer Dulac chez Elvire, un peu pour la narguer, car il pensait qu'elle devait s'être réjouie de son inculpation.

***

Il était libre, mais il n'était pas libéré de l'accusation qui pesait sur lui. Comme n'importe quel autre citoyen, du moins pour respecter une certaine justice, il dut se prêter aux parades du labyrinthe judiciaire.

Une foule sympathique l'attendait à sa comparution devant le juge.

Sûr de son immunité, selon sa mauvaise habitude, le juge Tabotin se présenta en retard au tribunal. Aussitôt assis dans son luxueux fauteuil, il assena un bon coup de maillet sur sa tribune et fit sursauter l'assistance.

Sous sa visière de mica, inquiet, le greffier scrutait la salle. Comme il allait en constater l'absence, il vit enfin le prévenu et son procureur entrer par la porte des innocents. Il lui rendit son sourire en lui désignant sa place, au banc des accusés.

Blasé, le huissier, qui avait vu bien d'autres procès, s'était assoupi. Il se réveilla au mauvais moment pour crier :

« Silence ! Tout le monde assis ! Silence ! »

Sur l'ordre et à l'exemple du président, les assistants se trouvaient déjà assis et se tenaient silencieux.

L'automate ne perdit point contenance. De sa voix de stentor, il ajouta :

« Oyez ! Oyez ! »

Mais il ne parvint pas au bout de sa déclamation : les rires fusaient de partout. Humble et confus, il reprit sa place debout, adossé au mur, sous le crucifix derrière le magistrat.

Le greffier en toge noire appela le rôle :

« Ésiof Bardouche, levez-vous, dit-il d'une voix onctueuse. Vous êtes accusé d'avoir causé la mort de Pierre Mélanson, à Sartigan, le trois octobre dernier. À cette accusation, plaidez-vous coupable ou non coupable ?

— Non coupable, Votre Seigneurie ! »

Puis, à l'instigation de son avocat, et avec l'accord de l'avocat de la couronne, l'accusé renonça à l'étape de l'enquête préliminaire.

Me Latournel présenta une demande de remise en liberté de son client, honorable citoyen tenant feu et lieu connus, sans casier judiciaire.

Son adversaire, Me Baroche, répondit qu'il ne devait pas y avoir deux poids deux mesures et que cet accusé de meurtre devait, comme tous les autres en pareil cas, rester sous les verrous en attendant son procès.

La main droite sous le menton, le coude sur le Code pénal, le magistrat se donna l'air de réfléchir profondément. Il fit mine d'hésiter. Enfin il rendit sa décision, séance tenante :

« En principe, vous avez raison, monsieur le procureur de la couronne. Mais il y a tout de même des exceptions. Je ne crois pas que la présence de l'accusé, en temps et lieu, devant ce tribunal, pose un problème. Il n'a jamais eu maille à partir avec la justice. Il est présumé innocent aussi longtemps que par ses aveux ou à la suite d'une preuve en bonne et due forme il n'aura pas été trouvé coupable. Dans les circonstances, je le libère mais il devra verser un cautionnement de dix mille dollars. »

L'avocat frustré voulut souligner que le président appuyait son jugement sur des motifs que n'avait même pas soulevés la défense. Il lui fut ordonné de se taire, la décision magistrale ayant été prononcée.

Furieux, discrètement, il se tourna vers son confrère et déchira les pages de son code sur le cautionnement et la détention provisoire.

« Puisqu'elles ne servent à rien », expliqua-t-il.

Pour couvrir l'incident, le greffier fit du bruit avec sa paperasse.

Les témoins ne pouvaient sans doute s'empêcher de se souvenir que ma mère, accusée aussi de meurtre, avait dû attendre son procès en prison.

La tête rapetissée entre son tricorne et son rabat, la toge au vent, d'un pas précipité, le juge quitta la salle d'audience derrière son huissier. En passant, il reprit son cigare au-dessus de la porte, sur le bord poussiéreux du vasistas. Il le mordilla nerveusement avant de le rallumer.

Quelques minutes après, Bardouche empruntait le même corridor, le sourire aux lèvres, sous les applaudissements des curieux. On oubliait qu'il était accusé du meurtre d'un enfant et que la justice n'avait point dit son dernier mot.

***

Comme prévu, quelques semaines plus tard, Bardouche revenait au palais de justice pour y subir son procès devant un juge et un jury. Il s'y présenta tout souriant et plein d'assurance.

Il éprouvait tout de même une certaine inquiétude. Il est vrai que la plupart des hommes de loi qui l'entouraient devaient leur nomination à son influence politique. Mais s'il s'en trouvait un qui, par hasard, avait un sursaut d'indépendance et d'honnêteté? N'arrive-t-il pas que la grâce d'état change parfois le comportement des hommes?

Les décideurs et les plaideurs ouvrirent grands les yeux en voyant entrer l'illustre justiciable et sa nombreuse escorte.

Imperturbables, immobiles comme des statues, revolvers à la ceinture, deux sentinelles en uniforme kaki se tenaient de chaque côté de la porte.

Le magistrat prit un malin plaisir à se faire attendre, comme d'habitude. Une bonne heure en retard, il grimaçait sous son tricorne ridicule, trottinant derrière son imposant huissier, la tête fière sous son abondante chevelure argentée, drapé dans une toge noire. Il marcha d'un pas rapide jusqu'à la tribune. Un instant au garde-à-vous, il attendait la fin de la ritournelle de son crieur:

« Oyez ! Oyez ! La Cour est ouverte. Que ceux qui veulent se faire entendre s'approchent et ils seront entendus. Vive le Roi ! Asseyez-vous ! »

Donnant l'exemple, le président se laissa tomber dans son fauteuil.

Les coudes sur la table, il se frotta les yeux. Puis, levant la tête, il parut découvrir la présence des plaideurs, qu'il salua machinalement d'une légère inclinaison du chef. Il réserva un franc sourire à l'inculpé de meurtre, par privilège assis près de son procureur.

« Procédez ! » ordonna-t-il à l'avocat de la couronne.

Le greffier appela le premier témoin qu'il allait, comme tout le monde, surnommer *Papuce*, surnom qu'on m'attribuait par allusion à mon parrain et le quartier de Sartigan qu'il dirigeait, le *Village des Papes*, Bardouche, qu'ironiquement ses concitoyens surnommaient le *Pape*. Mais il se retint et dit simplement : « Monsieur Jean Dulac ».

Une fois assermenté, la main sur les Saints Évangiles, je repris les termes de ma déclaration aux enquêteurs :

« Au moment où je me portais au secours du jeune Mélanson blessé, piétiné par le cheval, je fus assommé. »

Une voisine du *Palais des Amours* raconta ensuite que ce soir-là, selon son habitude, elle récitait son rosaire en se berçant à la fenêtre de son domicile. Tout à coup, dans l'éclaircie du Bois-des-Amoureux, à la lueur de la lanterne d'une voiture tirée par un cheval, elle vit un homme me frapper. Un autre, l'accusé, croyait-elle, était ensuite accouru pour l'aider à mettre ce qui avait l'air d'un cadavre dans un sac qu'ils avaient jeté dans la rivière tout près.

Elle identifia très bien la voiture de Joseph Dulac, qu'elle connaissait aussi bien que l'accusé d'ailleurs.

La mère de la victime confirma que, le soir du drame, son fils avait emprunté le Bois-des-Amoureux pour aller porter un panier de légumes à des pauvres.

Un expert expliqua que le sang prélevé sur les sabots du cheval de Joseph Dulac correspondait à celui de la victime.

Après avoir essayé, en vain, de faire contredire les témoins de son adversaire, l'avocat de la défense, qui n'y était pas légalement tenu, jugea à propos de ne point recourir aux témoignages de l'accusé et de Joseph Dulac.

À son confrère qui, du bout des lèvres, invoquait les témoignages accablants contre l'accusé et concluait à sa culpabilité, il répliqua :

« Il y a preuve d'un accident de la route. À aucun moment les témoins n'ont-ils clairement relié l'accusé à un meurtre. D'ailleurs ces témoignages pèchent par leur imprécision. Et peut-on attacher de l'importance aux observations d'une vieille femme, faites le soir, à travers les vitres de sa fenêtre, dans l'obscurité ? Tous les jours, les Sartiganais mettent dans un sac et jettent à l'eau des portées de chiots ou de chatons. Il n'y a aucun lien entre la mort du jeune Mélanson et l'accusé qui, de toute manière, a le droit de bénéficier du doute raisonnable. Ce qui est au moins le cas. Il serait injuste et illégal, dans les circonstances, de trouver un honnête citoyen coupable de meurtre. Mon client doit être acquitté. »

Le juge prit la relève. Il fit le sommaire des témoignages et de la preuve. Il rappela, en les comparant, les plaidoyers des avocats. Il expliqua la faiblesse de la preuve et la nature du doute raisonnable.

« Messieurs les jurés, ajouta-t-il, vous avez un redoutable devoir à accomplir. À la lumière de la preuve qui a été établie devant vous, dans le cadre des procédures et de nos lois, vous devez décider si M. Bardouche est coupable du meurtre du jeune Mélanson. Je vous mets en garde contre les simples impressions ou les préjugés. Vous devez vous en tenir aux faits prouvés seulement. Le châtiment du meurtre est la pendaison. Retirez-vous et délibérez. »

Triés sur le volet par les maîtres du prétoire, les jurés discutèrent plus de deux heures avant de revenir au tribunal pour faire part de leur verdict, annoncé par leur porte-parole :

« À l'unanimité, Votre Seigneurie, non coupable.

— Acquitté », ajouta aussitôt le juge.

Fou de joie, en pleine cour, l'acquitté ne put s'empêcher de se jeter au cou de son défenseur et de l'embrasser.

Le président donna un bon coup de maillet sur sa tribune pour imposer le silence à la foule qui s'énervait. Il se leva. Il enfonça son tricorne sur sa tête. Et, dans l'ombre de son huissier, il s'esquiva vers la sortie.

Il avait conscience d'avoir bien servi la justice du roi d'Angleterre et du petit roi de la Beauce, son ami, que pour tout l'or du monde il n'aurait voulu condamner.

Bardouche, soulagé, la tête haute, pressé par les spectateurs, s'en alla vers le restaurant rejoindre les ténors du barreau ou les acteurs de la scène judiciaire qui l'attendaient pour célébrer leur victoire.

À la sortie, voyant passer ces comédiens, les sentinelles esquissèrent une grimace de dégoût. Pour eux, cette parade à la cour n'avait été qu'une triste farce.

***

Le *Village des Papes* accueillit en héros son *maire,* acquitté du meurtre du jeune Mélanson.

Il faut expliquer que, de fait, Sartigan se divisait en deux. D'un côté de la rivière : l'hôtel de ville, le vrai maire, l'église tenue par un vénérable curé, le couvent, le collège, la Maison du poète, l'hôpital, et les agriculteurs riches et tranquilles ; de l'autre : le *Palais des Amours* d'où Bardouche, en monarque, dirigeait son quartier de maisons de désordre, son personnel qui y habitait, les touristes et les clients d'alentour.

À son heureux retour du palais de justice, on entoura le *Pape* revenu dans son domaine. On le félicita. On lui demanda même des autographes. On se remit à solliciter ses faveurs.

On savait qu'il pouvait tout arranger. On l'avait bien vu avec la justice, qui s'était écartée du droit chemin pour contourner le Code pénal en sa faveur...

Les petites gens regardaient de loin, avec envie, le bosquet où, retiré dans son *Palais*, Bardouche trônait parmi ses collaborateurs malfaisants.

Il dirigeait vraiment son État dans l'État, en toute impunité.

Il se moquait bien des moqueries des autres qui devaient le servir et l'enrichir malgré eux. Il se sentait flatté d'être comparé au souverain pontife, même par les railleurs. S'il l'avait connue, le Saint-Père n'aurait sûrement pas apprécié cette comparaison.

Hors la loi et l'ordre, Bardouche régnait sur son petit *Vatican* sans opposition. Le maire et les conseillers de la mairie légale ne se mêlaient pas des affaires publiques de son quartier. Ils n'intervenaient pas dans son administration parallèle.

Le maître du quartier louche s'était approprié le magasin général, excellente couverture pour ses commerces illicites.

Il était le seul propriétaire de la salle de cinéma qui projetait les premiers films américains.

Il était l'unique patron du journal de la vallée de la Chaudière, *Le Canton*, et en dictait les opinions à ses éditorialistes naturellement serviles.

Ses alambics faisaient la fortune des contrebandiers. Ses maisons de jeu et de débauche prospéraient.

Il recevait des pots-de-vin en distribuant les faveurs ou les contrats du gouvernement. Avec les politiciens, il décidait des nominations de hauts fonctionnaires, de ronds-de-cuir et de certains juges.

Il assurait librement les services municipaux de son arrondissement : entretien des trottoirs de bois et des routes de gravier, déneigement, police...

Pour accomplir ses tâches diverses et *officielles*, il comptait sur ses proches collaborateurs : Joseph Dulac, au dévouement et à la loyauté à toute épreuve ; le vieux Pocheton, fidèle transporteur des contrebandiers ; Pictou, Américain francisé, responsable des finances ; Élisabeth, diplômée de l'École normale, directrice des *maisons* spéciales et du personnel.

Le *Pape* se réservait les relations publiques et les rencontres politiques.

Il était véritablement le *maire* de son village de la nuit. Il montrait la face rayonnante d'ordre et de prospérité de Sartigan. Apparemment...

***

En secret peut-être, le maire légitime de Sartigan enviait son *collègue*, qui ne semblait pas subir de problèmes ni de critiques ni de contestation dans son village illicite.

À l'ombre du clocher de l'église Saint-Antoine, entourée du presbytère, du couvent des sœurs, du collège des frères et de l'hôpital, vivotait la mairie ou le village légitime de Sartigan.

Les citoyens ne cessaient de comparer leur sort au paradis infernal voisin. Ils payaient de lourdes taxes. Ils ne bénéficiaient point de bons services d'entretien des routes ou d'adduction d'eau. Ils n'entendaient parler que de corvées, d'impôts et de misère, jamais de plaisirs ni de joie de vivre, de fêtes ou de jeux, à part l'ennuyeuse fanfare que dirigeait leur premier magistrat.

À vrai dire, le comte de Vilmur, maire depuis vingt-trois ans, se maintenait en place par l'inertie. Il ne faisait ni mal ni bien. Il laissait les choses aller au petit bonheur la chance.

Il souriait. Il saluait. Il coupait les rubans pour inaugurer une école qui ne relevait pas de son autorité ou un chemin que le gouvernement avait fait construire.

Il était distingué et de noble ascendance. Aux murs de son cabinet, on pouvait admirer les portraits de ses ancêtres qui, paraît-il, tenaient leur titre de François 1er.

Il en avait presque gardé l'allure. À peine son front étroit, ses grandes oreilles, son nez protubérant, ses petites joues roses, ses yeux noisette et son pli au menton se faisaient-ils leur place dans la broussaille de ses sourcils touffus, de son abondante chevelure grisonnante, de ses longs favoris, de sa moustache épaisse et de sa longue barbe.

Il se promenait dans son patelin, le dimanche, tiré à quatre épingles dans une voiture tirée par quatre chevaux. Il donnait en l'air et souvent en vain des coups de haut-de-forme aux passants, qui se contentaient de sourire ou de détourner la tête. À l'église, pendant les cérémonies, il occupait un fauteuil entre Bardouche et le député.

Politicien de carrière, il promettait beaucoup et réalisait bien peu. Il savait que la mémoire des gens est courte. Il s'occupait attentivement des fonctionnaires et de la police, qui le lui rendaient en appuyant sa candidature éternelle.

Il avait écarté définitivement le mot sincérité de son vocabulaire, le jugeant inutile. Il disait oui à une requête d'un citoyen comme à son contraire, sachant bien que la plupart des gens n'ont pas de suite dans les idées. Alors, pourquoi aurait-il été différent de ses semblables et de ses frères?

Avec ses amis, il riait en racontant qu'il lui suffisait de montrer son chapeau pour que les citoyens votent pour lui. Il n'avait même pas à se présenter devant les électeurs.

Il fermait les yeux sur le village concurrent de Bardouche. Au fond, tous les deux dirigeaient à leur façon le même village à deux faces, c'est-à-dire parfaitement hypocrite.

***

Certains Beaucerons se posaient toujours des questions sur ce faux *Pape* Bardouche au nom aussi mystérieux que sa personnalité. Ils étaient portés à faire un rapprochement entre lui et un certain Majoric, personnage du *Roi de la vallée*, un feuilleton qu'avait publié un quotidien, il n'y avait pas si longtemps, et qui s'était transformé en pièce de théâtre populaire.

On racontait qu'un jour un metteur en scène s'était rendu à l'université de Québec pour dénicher un comédien qui y jouerait le rôle principal. À la porte de cette institution de haut savoir, il aperçut assis dans un coin, grand comme un tonneau, une sorte de Diogène qui tranquillement fumait sa pipe de plâtre.

Le personnage avait une longue barbe, des yeux pétillants de malice, des cheveux poivre et sel, l'air serein, et il semblait plus âgé qu'il ne devait l'être réellement. Il lança à l'importun:

«S'il vous plaît, écartez-vous un peu. Vous me cachez le soleil.

— Mais j'aimerais vous dire deux mots. Je vous ai observé. J'aimerais savoir si vous êtes libre.

— Comme le vent. On m'a chassé de cette boîte où j'enseignais la philosophie. Trop marginal, m'ont-ils expliqué.

— Eh bien! C'est justement ce qui m'intéresse. J'aurais besoin de quelqu'un comme vous pour le rôle de Majoric, dans *Le Roi de la vallée*. Vous connaissez cette pièce?

— Non! Mais si vous cherchez un bouffon, je suis votre homme. Je pourrais m'amuser en divertissant les autres. »

C'est ainsi que les Québécois applaudirent le fameux Majoric.

Il projetait une intense couleur locale de paysan beauceron qu'accentuait un mélange de sagesse et de vulgarité. Il était près de ses sous et de ses verts dollars, du noir des vertus superficielles ou du rouge des vices plus ou moins cachés, comme on disait dans le pays.

À la manière des gens peu instruits, vaniteux mais intelligents, il ajoutait à son vocabulaire laborieux des propos ou des termes populaciers.

Avec ses cheveux et sa moustache en broussaille, une dent solitaire brune qui l'aidait à retenir sa pipe entre ses petites lèvres rouge bordeaux, son nez mince et pointu au milieu de son visage ratatiné, des yeux rieurs comme de simples traits au fond de leur orbite, un front large et dégagé, une petite tête haute et fière sur un long cou et un grand corps, il incarnait naturellement la puissance et la drôlerie.

Maître inimitable des crachats solennels, au milieu des salons, il les lançait à deux mètres dans le crachoir, en suivant une longue courbe.

Il méprisait l'humanité fausse et déloyale qu'il manipulait sans scrupules. Tout à la fois, il pouvait se montrer un homme franc, affable, modeste, discret, opportuniste et malhonnête, et le contraire: menteur, bourru, vaniteux, indélicat, loyal et juste.

Il pouvait tout se permettre, car il était riche. Il détenait les cartes maîtresses du jeu politique et il trichait. Il se moquait de ses admirateurs serviles. Il se mouchait avec ses doigts et s'essuyait sur son pantalon devant les quémandeurs bourgeois qui souriaient béatement de sa morveuse effronterie.

À ses lois de fausse gentillesse occasionnelle, de mépris de la société et de forfanterie, il dérogeait pour les *créatures*, c'est-à-dire les femmes qu'il voulait gentilles, dévouées, belles, discrètes, dévotes, maternelles, ménagères et cuisinières accomplies; et surtout très serviables et parfaitement soumises.

Il n'avait de compte à rendre qu'à Dieu et, encore, l'oubliait-il souvent. Il craignait le diable et l'enfer plutôt qu'il n'espérait en son Créateur.

Le sosie de Bardouche se faisait vite oublier quand l'original prenait tant de place dans la vie des Beaucerons.

***

Bardouche, monstre de contradiction, il faut le répéter, cachait une âme de poète qui, parfois, se révélait comme par distraction. Certains soirs, il s'asseyait sur le bord du lit de sa fille adoptive. Il inventait et lui racontait la belle aventure de sa famille.

Jean-Baptiste Bardouche, trappeur, et sa belle Abénaquise, Bella-Coula, avaient autrefois dû fuir la guerre entre les Anglais et les Français qui se disputaient l'Amérique. Ils confièrent leur unique enfant aux sœurs du couvent de Sainte-Marie et ils prirent la clef des bois.

Par une belle nuit d'été, armés seulement de quelques outils, de leur courage et de leurs seize ans, ils s'engagèrent dans le labyrinthe des érables, des bouleaux et des sapins. Après une quinzaine d'heures de marche, de lutte contre les moustiques et la chaleur, ils tombèrent de fatigue. Là où ils s'arrêtèrent, ils décidèrent de s'installer.

Ils abattirent quatre conifères. Ils les émondèrent pour les disposer en quadrilatère et former ainsi la base de leur future habitation. Des troncs de sapins leur servirent à monter les murs, et leurs branches à couvrir le toit. Dans un coin, ils étendirent aussi des branches en guise de lit. Une grosse pierre tenait lieu de porte. Leur abri prit l'allure d'un repaire d'ours.

Et c'est justement avec cet imposant et doux plantigrade que, pendant la belle saison, ils partageaient les myrtilles, les mûres et les framboises, à l'orée des bois. Ils apprirent aussi à cueillir le miel sauvage sur les arbres.

L'automne, comme leurs amis les écureuils, ils faisaient provision de graines, de noix, de noisettes et de cenelles séchées.

L'hiver, enfoui sous la neige, leur refuge avait l'air d'un iglou. Il sentait bon l'odeur des lièvres qu'ils avaient pris au collet et qu'ils faisaient cuire sur un feu de bois.

Le printemps ajoutait à leur menu des cœurs de fougères, des quatre-temps et l'eau d'érable sucrée.

Au début de juin apparaissaient les fraises au milieu de jolies épervières dont Jean-Baptiste faisait un bouquet pour Bella-Coula.

Près de leur campement coulait un ruisseau où ils allaient boire en compagnie des chevreuils, des coyotes et des ours qui sortaient de leur hibernation.

Une famille de ratons laveurs avait élu domicile dans la cabane des aventuriers.

Un jour de mars de leur deuxième année paisible et pénible, Jean-Baptiste s'éveilla tout joyeux. Un soleil resplendissant pénétrait les sous-bois et faisait briller les cristaux de neige comme des myriades de diamants. Des gouttes de sève débordaient sur l'écorce des érables.

Au moment où notre héros se penchait pour en lécher un peu, il entendit un coup d'arquebuse. Il se redressa aussitôt. Il prêta l'oreille à une deuxième, puis à une troisième détonation de plus en plus rapprochées.

De tous côtés fuyaient ses amis. Les coyotes hurlaient. Les écureuils sautaient nerveusement d'un arbre à l'autre. Cachés dans l'encolure des ramilles, les moineaux se taisaient.

Attirée par ces bruits insolites, suivis de silences inquiétants, Bella-Coula sortit de sa demeure et se mit aux aguets. À quelques mètres, elle aperçut un chevreuil qui se traînait en laissant des traces rouges sur la belle neige blanche. Elle se précipita à sa suite, angoissée.

Sur son chemin, elle croisa les petits ratons laveurs qui pleuraient sur le cadavre ensanglanté de leur mère.

Elle appela son mari. En vain. Elle allait l'atteindre juste au moment où un soldat amérindien, fou de rage, le fusillait comme une bête. Elle se jeta en pleurant sur le corps de son compagnon où, à son tour, elle fut tuée par un milicien blanc.

D'épouvante, les oiseaux se mirent à crier. Les écureuils passèrent rageusement au-dessus de la tête des assassins. Les coyotes hurlaient à fendre l'âme. L'ours jeta un regard de mépris sur les meurtriers et il s'éloigna en grognant de dégoût.

Surpris de cette réprobation universelle, honteux de leur horrible bêtise, les soldats se sentirent tout à coup saisis de remords. Ils lancèrent dans la forêt leurs armes maudites.

Sous la mince couche de neige, dans les feuilles pourries et glacées, à l'aide de branches, ils réussirent à creuser un trou peu profond. Ils y ensevelirent leurs victimes. Sur leur tombe, ils plantèrent une croix en branches d'érable. Au couteau, ils y gravèrent une devise qui plus tard allait faire fureur dans le monde des marginaux: *L'amour, point la guerre.*

Chaque fois que Bardouche terminait cette tragique histoire dans laquelle les religieuses avaient sauvé la vie de son ancêtre, que leur avaient confié Jean-Baptiste et Bella-Coula, il avait la larme à l'œil.

***

Il multipliait ainsi ses rôles comme pour ajouter à sa réputation de personnage étrange et mystérieux. Parfois il utilisait un faux nom afin de donner libre cours à sa fantaisie ou à sa perversité. Il cherchait à briser la monotonie de ses jours qui, aux yeux du commun des mortels, paraissaient au contraire pleins d'imprévu.

Je crois qu'il vaut la peine de suspendre mon histoire, dans une certaine mesure, pour raconter une autre aventure inattendue de mon protecteur.

Il prit alors le pseudonyme de Georges Lafleur, comme ça, au hasard. Ou encore parce qu'il aimait bien le roi George d'Angleterre, celui qui, paraît-il, portait toujours une fleur à la boutonnière.

Il se rendit à Québec pour y vendre des peaux de vache qu'il avait acquises pour une chanson et de la camelote volée.

Il déposa sa marchandise sur le balcon. Dans son costume bleu pâle qui le rajeunissait, chapeau melon noir coincé sous son bras gauche, il frappa à la porte du tanneur Mario Talloni. Il lui fit plaisir en le saluant dans la langue des Romains:

«*Buongiorno, signore!* dit-il avec un fort accent français.

— *Buongiorno!* reprit l'Italien, tout sourire et figé dans l'entrebâillement.

— *Como sta?*

— Bien! Merci! Que puis-je faire pour vous?

— J'ai appris de votre compatriote Leone, celui de Campo Basso, que vous êtes le meilleur tanneur du pays et bon cordonnier par surcroît. Moi, je vends la matière première la meilleure et au meilleur prix. Nous sommes donc faits pour nous entendre, n'est-ce pas?

— Il est vrai que vos peaux sont belles et propres, épaisses et souples. Entrez, je vous offre cent dollars pour le lot.

— Ce n'est pas tellement généreux. Mais les temps sont durs, je suis bien obligé d'accepter. Je me reprendrai une autre fois.»

Satisfait, son hôte l'invita à fumer une pipe au salon.

«Ce n'est pas de refus», acquiesça le visiteur.

Chacun remplit sa pipe du tabac de l'autre, en blaguant comme il convenait. Ils humèrent la fumée du pétun en échangeant des considérations profondes sur la température et l'état du monde.

Soudain, silence! Dans l'embrasure de la porte, apparut toute rose, tout sourire, bien potelée, une fort jolie fille qui ne cherchait pas à dissimuler son allure aguichante.

«Est-ce à vous? s'enquit Lafleur auprès de son nouvel ami.

— C'est ma fille, en effet, répondit le paternel avec fierté. Maria ! ordonna-t-il avec autorité. Approche-toi de monsieur. Ne fais pas l'idiote. Avance. »

Timide, rougissante, les mains jointes sur le nombril, les yeux baissés, la tête légèrement inclinée du côté droit, la jeune fille s'approcha lentement des deux hommes.

« Justement, déclara l'invité de Talloni, j'ai toujours rêvé d'une splendide *créature* comme ça. J'ai subitement l'impression que nous pourrions faire un bout de chemin ensemble. Tu vas me dire que je m'emballe un peu vite. Je n'y peux rien. C'est un coup de foudre, comme on a l'habitude de dire. Je me sens bouleversé, comme si le ciel me tombait sur la tête.

— Vous n'oubliez rien ? osa demander la pauvre fille.

— Quoi donc ?

— Mon avis et l'amour.

— Ça viendra avec le temps... »

Talloni s'impatientait. Il intervint. Il n'aurait pas voulu rater une bonne occasion de caser sa fille et de forger une alliance sans aucun doute utile à son commerce. Sans compter que ce bon parti ferait peut-être monter sa famille au plus haut rang de la hiérarchie sociale.

« Tâche de te montrer gentille avec monsieur, conseilla-t-il à sa fille.

— J'ai tout de même le droit de réfléchir. Monsieur pourrait être mon père, répliqua-t-elle.

— Et un bon mari. L'un n'empêche pas l'autre. »

Comme une automate, elle laissa le visiteur lui prendre la main en même temps qu'il lui demandait de lui faire faire le tour du propriétaire.

En voyant les meubles défraîchis, Lafleur promit d'en commander des neufs.

« Je veux que tu t'habitues à vivre dans le confort, comme une grande dame », ajouta-t-il en souriant.

Maria ne répondit point. Elle courut à sa chambre pour pleurer.

À leur stupéfaction, dès le lendemain, les Talloni accueillaient le livreur de meubles neufs, achetés par Lafleur.

En même temps que le luxe, le rêve s'installait dans la maison. Les braves gens exultaient, mais leur joie était teintée d'un sentiment d'inquiétude.

C'était un vendredi. Les banques étaient fermées pour la fin de semaine. Le généreux étranger se présenta chez les Talloni. Maria se laissa embrasser sur les deux joues.

Lafleur se montrait nerveux.

«Qu'y a-t-il? interrogea son ami, vous paraissez ennuyé.

— Oh! De tout petits ennuis. Je viens de me rendre compte que j'ai besoin de changer un chèque de mille dollars et que les banques sont fermées. Je vais rater une grosse affaire.

— Mais je puis vous aider au besoin.

— Je ne voudrais pas abuser.

— Attendez. Je vous trouve ce qu'il vous faut. Donnez-moi votre chèque. Je le changerai lundi.»

Le brave tanneur se précipita dans sa chambre, dont il s'empressa de bien fermer la porte. Avec précaution, il souleva la couverture de son lit. À tâtons, dans la paillasse, il fouilla pour y dénicher ses précieux billets verts. Il les assembla comme un bouquet dans ses deux mains et il s'attarda un peu à les admirer. Il les sentit. Il les compta et les recompta. Il eut envie de leur donner un baiser d'adieu, car il les adorait.

Heureux et inquiet tout à la fois, il revint auprès de son emprunteur. Il lui remit sa fortune sans mot dire tant il était ému. Puis il tourna vite la tête, et sur ses talons, comme pour oublier une bêtise.

Lafleur ne parvint pas à lui mettre la main sur l'épaule et à le remercier.

Deux semaines plus tard, les retombées de cette romantique affaire s'abattaient sur la maison du savetier. Plus de nouvelles du soupirant de la belle Maria, mais la *Maison du rêve* et la banque en rappelaient le cruel souvenir. Elles réclamaient leur dû ou les meubles.

Le chèque de Lafleur s'était révélé sans provision. Personne ne savait où était passé l'escroc. Les policiers n'en trouvaient aucune trace.

Le marchand reprit ses meubles neufs et remit les vieux à leur propriétaire...

Il faut croire que l'amour est plus fort que le commerce ou l'argent. Car, malgré ces événements malencontreux, Mlle Talloni et l'étranger se rencontrèrent un certain soir, sur le parvis de l'église paroissiale.

Georges se disait victime de fraudeurs qui lui avaient fait endosser et déposer des chèques sans provision. Il projetait une bonne affaire qui le rendrait millionnaire et lui permettrait de tout régler. Personne ne perdrait rien. Pour preuve de sa bonne volonté, il mettait au doigt de son amie ravie une magnifique bague.

« C'est tout ce qu'il me reste, je t'en fais cadeau », dit-il d'un air ému.

Maria se laissa une fois de plus endormir par ce curieux personnage. Elle l'admirait. Elle le trouvait sincère. Son père était furieux. Elle promit de le ramener à de bons sentiments envers son visiteur.

Mais l'Italien n'était point d'humeur à faire confiance au prétendant que lui-même avait, hélas! jeté dans les bras de sa fille. Jamais il ne s'était senti aussi malheureux depuis la mort de sa femme. Il avait le goût d'assassiner quelqu'un ou de mourir.

Il aiguisa son couteau à cran d'arrêt. D'un pas nerveux, il arpenta les rues de la ville. Sur les boulevards et dans les ruelles, à gauche et à droite, dans les tavernes et dans les auberges, il chercha le coupable.

Il ne lui poserait pas de questions. Il ne voulait point voir son visage. Il le frapperait dans le dos. S'il en avait le loisir, il mettrait ensuite le cadavre dans un sac et il le jetterait dans le fleuve.

Passant près du presbytère, il eut l'idée d'y vérifier le registre d'état civil. Il entra. Il demanda l'aide du curé Romanel.

« Mais pourquoi donc? » s'enquit le prêtre.

Embarrassé, Talloni s'apprêta à quitter les lieux. Il se surprenait à craindre le courroux de Dieu, étant donné son intention criminelle.

Son hôte le retint:

« Justement, ajouta-t-il, j'ai reçu la visite du fiancé de Maria. J'ai appris les malheurs qui s'abattaient sur votre maison. Il m'a tout raconté. Il m'a annoncé que cette pauvre Maria était morte de tuberculose. Je n'arrivais pas à le croire, puisque j'avais donné la sainte communion à votre fille à la grand-messe de dimanche dernier. Mais il m'a rappelé la parole de l'Évangile : *La mort vient comme un voleur...* J'en étais bouleversé, lui répondis-je. J'allais la marier, un peu tôt, selon mon idée. Mais ce n'était pas à moi de décider. Elle était majeure. À vingt-six ans, elle était considérée comme une vieille fille. Elle était venue au presbytère pour s'informer des formalités à prévoir. Et voilà qu'il fallait maintenant penser à ses funérailles... Son fiancé m'a alors offert de payer d'avance les frais d'église. Par pitié pour vous. Il m'a précisé de ne pas regarder à la dépense et m'a remis un chèque de mille dollars. Comme je trouvais que c'était trop, je lui ai rendu cinq cents dollars de l'argent de la dernière quête. Et il est parti. »

À la fin de ce récit, cachant sa fureur et ses réactions, Talloni prit congé du pasteur aussi naïf que lui.

Il chercherait à assouvir sa vengeance n'importe où et n'importe comment.

Le curé ne saisit donc point les pensées profondes de son paroissien. Il donna à son sacristain les instructions pour la préparation des funérailles.

Le jour prévu, au chant du coq, les cloches carillonnèrent à toute volée.

Une véritable orgie de roses et d'œillets couvraient le sanctuaire. Les flammes de centaines de bougies en accentuaient le parfum.

Près du chariot funéraire, à la porte de l'église, le célébrant se promenait en récitant son bréviaire avec nervosité. L'office devait commencer à neuf heures. Un mariage devait être célébré après. Dix heures allaient bientôt sonner. Le corbillard n'arrivait toujours pas. Et, au loin, on entendait déjà les klaxons des voitures des mariés.

L'officiant s'impatienta. Il ferma son bréviaire. Il regarda à gauche, à droite et au loin. Il trépignait. Il déposa son étole et son surplis sur un banc. Il ordonna aux mariés et à la foule qui les accompagnait de se tenir à l'écart, pour l'instant.

À grands pas, il s'achemina vers la résidence des Talloni. Il y entra en coup de vent, sans frapper.

Ô stupeur ! Maria en personne se tenait face au curé, qui bafouilla gauchement :

«Comment ! Tu n'es pas morte ?

— Comme vous le voyez, fit la jeune fille, en pleine forme, avec un sourire. Mais qu'est-ce qui vous prend de me traiter de morte ?

— Je t'ai attendue. Ton fiancé a payé les funérailles. J'aime autant ça. Mais je n'y comprends toujours rien, bredouilla confusément le prêtre.

— Moi, je saisis tout, intervint le père de Maria. Il vous a eu comme moi. Vous ne reverrez jamais la couleur de votre argent. C'est un escroc. »

Les deux naïfs se lamentèrent. L'argent est si dur à gagner...

«Se moquer de l'amour, de la religion et de la mort, c'est un péché mortel, commenta le pasteur.

— Ce qui est plus grave, c'est qu'il m'a pris toute ma fortune », reprit le cordonnier.

Jamais les pauvres malheureux ne sauraient que ledit Lafleur se nommait Bardouche, qu'il était un homme riche et puissant, célèbre et parfois charitable dans son petit royaume beauceron, où il prenait aussi plaisir à vivre de la crédulité des gens et où il s'apprêtait à rentrer comme au lendemain d'un simple voyage d'affaires.

***

Après ces quelques semaines de distraction à l'étranger, que faussement il présenta à sa femme comme un sérieux voyage d'affaires, notre incorrigible cabotin reprit son nom et ses habitudes toujours suspectes. Il avait, on l'a vu, une prédilection pour exploiter les sentiments les plus sacrés du peuple.

Ignorant les colères lointaines des Talloni et de leur curé, il conçut d'autres plans profitables : un monument à la gloire du Seigneur qui, à l'avenir, protégerait les Beaucerons contre les débâcles de la Chaudière.

Il en avait eu l'idée en lisant l'histoire ancienne de Montréal. En 1643, le fondateur de cette future grande ville, Paul Chomedey de Maisonneuve, avait fait ériger sur le mont Royal une grande croix latine, plus tard illuminée. Ainsi remerciait-il le Christ d'avoir miraculeusement mis fin aux inondations du Saint-Laurent, qui ravageaient périodiquement la Nouvelle-France.

Depuis le déboisement de ses rives, la Chaudière faisait aussi des siennes. Chaque printemps, grossie par la fonte libre et soudaine des neiges, elle sortait de son lit. Elle poussait des béliers de glace dans les rues des villages, transformées en canaux, et sur les maisons. Elle quintuplait sa largeur et sa profondeur.

Comme des navires en perdition, granges et maisons voguaient à la dérive, à travers les glaces, sur les eaux en furie. Inconscients, les coqs s'époumonaient à chanter sur les toits. Éberluées, les vaches montraient leur museau dans l'entrebâillement des portes.

Les enfants accueillaient la catastrophe avec joie. Ils s'amusaient à ramer dans leurs chaloupes pour secourir les vieilles gens affolées.

Une femme en profita pour faire l'éducation tardive de son ivrogne de mari. Pendant qu'il ronflait, elle lui enleva sa hachette de boucherie, cachée sous son oreiller. Elle le ficela comme un saucisson dans un drap dont elle l'avait enveloppé. Elle poussa ensuite le lit sur le balcon, juste au-dessus de l'onde envahissante. Elle l'éveilla brusquement pour lui faire demander pardon et jurer de cesser de boire comme un chameau.

La tragicomédie printanière n'incita point les Beaucerons à gaspiller leur argent en primes d'assurance. Ils avaient demandé des secours aux politiciens qui, d'une élection à l'autre, leur promettaient des barrages sans jamais les faire construire. À la fin, ils s'en remirent à Dieu.

Bardouche n'avait pas à souffrir des affres électorales. Néanmoins, il promettait aussi de prendre le taureau par les cornes, si on peut ainsi décrire le déferlement des eaux de la Chaudière. C'est lui qui proposa d'ériger une croix lumineuse sur un terrain, sa propriété, au sommet de l'une des collines du village.

Il mit dans le coup le brave curé, le député, les villageois et les conseillers municipaux. Ils apportèrent tous leur généreuse contribution au projet.

Sous la direction de l'initiateur, les travaux furent exécutés avec une extrême diligence. Tant et si bien que trois mois plus tard avait lieu l'inauguration officielle.

La nature elle-même se mit de la fête. Un soleil éblouissant éclairait le ciel et projetait ses rayons d'or à travers le bosquet sacré.

Longtemps avant l'arrivée des notables, la foule avait envahi les lieux.

Je m'y étais dirigé par un sentier parallèle à la nouvelle route qui y conduisait. Je portais un superbe costume de coton bleu pâle qu'un marchand m'avait offert, pour quelques sous, contre quelques petits services et avec l'achat d'un sac de maïs soufflé. J'étais très fier de mon képi de soie blanc. D'un petit voisin, j'avais emprunté des sandales trop grandes qui me faisaient terriblement mal aux pieds.

De loin, avec émerveillement, je suivais le somptueux carrosse de l'officiant, dont la longue robe essuyait la poussière du chemin.

Malheur de malheur ! Cette distraction me fit choir sur une pierre acérée. Je déchirai mon beau pantalon tout neuf. L'angoisse m'envahit. Qu'allait dire ou faire le paternel ?

J'avais peine à retenir mes larmes en rebroussant chemin sous les branches des conifères qui m'éraflaient la peau.

Adieu croix, carrosse, cardinal, chapeaux, cantiques et toute la fête de la colline ! Je n'eus plus de souci que la colère qui m'attendait.

Pour susciter la compassion, avant de rentrer, je m'arrêtai dans la remise où je dénichai un grand couteau de boucherie. Je fermai les yeux. J'approfondis les entailles déjà sanguinolentes de mon genou droit.

Sûr de mon effet et de l'apitoiement de mon père, j'ouvris la porte. Ce fut un désastre! Il laissa tomber sa bouteille de whisky. Il se leva en titubant. Il criait comme un putois. Il blasphémait comme un charretier qu'il était. Il s'acharnait à me chanter pouilles et à m'assener des coups. Je me roulais de douleur par terre.

Il paraissait épuisé. Il venait juste d'arriver de la montagne où, ressentant un malaise, il avait dû céder sa place à un collègue.

«Voyou! Démolisseur! Paresseux! Petit vaurien!»

Joignant les coups à l'injure, des pieds et des mains il s'acharna à me frapper.

À bout de souffle, il finit par s'échouer sur la table pour glisser ensuite dans son fauteuil. Les yeux morts, la main hésitante, il reprit son flacon d'alcool. Il m'ordonna de me mettre à genoux dans un coin et de réciter un rosaire pour expier ma bêtise.

Au même moment, souriant, satanique, Bardouche s'agenouillait au pied du nouveau calvaire, entre le cardinal et le premier ministre.

Pour moi, le beau gibet de mon parrain resterait pire qu'un mauvais souvenir : un supplice.

Après l'exaltation de la sainte croix, la nuit tomba calme et douce sur la colline.

Les yeux baissés, les mains croisées sur la poitrine, récitant des litanies, les pèlerins revinrent au village.

Le nouveau calvaire les éclaira un certain temps. Sa lumière resplendissante contrastait avec les ténèbres qui, de l'horizon, s'avançaient à sa rencontre.

Les six chevaux blancs du cardinal piaffaient d'impatience. D'un geste cérémonieux de la main droite, Son Éminence invita le premier ministre à prendre place sur la banquette arrière. À son tour, soutenu par le cocher, il monta s'asseoir et, tant bien que mal, il enfouit sous le siège la queue encombrante de sa robe. Le député et le maire occupaient les strapontins. Bardouche se tenait debout près du conducteur.

Une dernière fois les bêtes contournèrent le monument au petit trot avant de s'engager sur la pente poussiéreuse et caillouteuse du retour au centre du village.

Le cocher, guilleret, fier de transporter les hommes les plus importants du pays, tenait les guides. Il portait un beau canotier qui sentait encore bon les boules à mites. Sa redingote noire couvrait presque entièrement sa chemise blanche trop empesée. De ses manches sortaient deux gants de soie gris et brodés.

Incapables d'aller droit au but, ses clients échangèrent d'abord de grandes considérations sur la pluie et le beau temps. Ils abordèrent ensuite le problème des inondations printanières.

« Pour moi, déclara le chef de l'État, cette affaire est réglée une fois pour toutes. Maintenant que le peuple a sa croix, qu'il s'arrange avec le premier ministre du ciel.

— Ce n'est pas si simple, mon cher, reprit l'évêque. Le Seigneur n'intervient que si, d'abord, les hommes s'aident eux-mêmes. Ce qui, en termes clairs, veut dire que l'État, dont vous êtes responsable, doit construire un barrage neuf à la hauteur du Rapide-du-Diable. »

Sur cette mise au point, la somptueuse voiture vira à gauche, s'engouffra dans le Bois-des-Amoureux, manœuvre qui servit de prétexte à faire aussi dévier la conversation. Sous le dôme discret et feuillu, certains passagers découvrirent les thèmes et peut-être les complots auxquels ils songeaient en silence.

Au *Palais des Amours*, auberge qui disposait d'un restaurant de haute qualité, Bardouche descendit le premier. Il soutint les coudes de ses nobles invités qui, le pied lourd, quittaient la victoria. Il les conduisit à la salle à manger où un gargantuesque repas les attendait.

Sur une riche nappe aux bords dentelés, qui recouvrait une luxueuse table de chêne, un bouquet de chrysanthèmes mêlait son parfum aux vapeurs d'une soupe vénitienne. Une dinde rôtie, piquée de tranches de citron et farcie de viande de porc, sympathisait naturellement avec son vis-à-vis : un petit cochon de lait qui avait l'air de dormir comme un bienheureux. Tout alentour, des amuse-gueules multiformes et multicolores, d'élégantes bouteilles des grands vins de France, de la vaisselle de Quimper, de la verrerie de Lyon et de l'argenterie anglaise se disputaient éclat, saveur et fumet.

Serviette sur le bras, les garçons en livrée se penchaient pour expliquer à chacun le menu qu'ils avaient à servir.

Les apéritifs avaient déjà délié les langues et rendu fort diserts les plus taciturnes. Le maître de céans s'était bien gardé d'en boire. Il s'évertuait plutôt à orienter la conversation vers les petites affaires qui l'intéressaient au plus haut point. Le cardinal, qui ne voulait point s'en mêler ni gâter une si belle journée religieuse par de vulgaires discussions politiques, trouva une excuse pour quitter les lieux.

***

À tout seigneur, tout honneur. On commença par le dossier du juge Tabotin. Ce bon serviteur de tous les régimes politiques, à la mode du temps, venait de succomber à la goutte qui, à n'en pas douter, avait fait déborder le vase de ses vices. Il fallait lui trouver un digne successeur.

On ne s'embarrassait pas des questions de compétence ou d'honorabilité. On ne se souciait que d'une candidature qui servirait le parti au pouvoir. Un organisateur politique brûlé, expert en déconfitures dont sa propre faillite, jureur émérite qui pourrait impressionner les justiciables trop exigeants, ferait un magistrat *conciliant*.

Le pont de la Chaudière préoccupait également les élus du peuple. Il était si délabré qu'il menaçait de tomber en ruine. Personne n'osait plus y passer. Les riverains préféraient traverser la rivière à gué et s'embouer, quitte à subir le sobriquet de *jarrets noirs*.

Une société anonyme, formée des amis du gouvernement au pouvoir et des amis du maître de la Beauce, s'en verrait naturellement octroyer le contrat de construction.

Restait un sujet délicat à traiter : le sort du journal *Le Flambeau*, l'ancien hebdomadaire *Le Canton*, qui avait adopté ce nouveau nom quand Bardouche l'avait vendu à un certain Vanbir. On avait cru le nouveau propriétaire favorable au régime politique en place, mais il s'en montra plutôt fort critique. L'ancien directeur tenait donc à lui régler son compte.

Le premier ministre souligna qu'il serait sans doute moins coûteux d'acheter le journaliste que de racheter le journal.

Le faux Hollandais, Frank Vanbir, aussi ambitieux qu'ignorant, à tout propos cherchait à faire chanter les ministres.

Il donnait son avis en termes grandiloquents sur tout et sur tous. Il faisait la morale à tout le monde, lui qui cachait son casier judiciaire de fraudeur.

Il sermonnait les évêques. Il donnait des conseils aux maires sur le service des égouts comme sur le choix des livres de la bibliothèque municipale. Il écrivait de grands articles pour rappeler au pape la conduite à tenir au Vatican.

Rarement était-il lui-même, de crainte de n'être rien.

Ancien bedeau, préparé à rien mais se croyant capable de tout, il finit par se persuader lui-même qu'il était un homme exceptionnel et indispensable. Il laissait entendre qu'il partageait des secrets d'État. En exprimant la sienne, il disait représenter l'opinion publique. Avec une égale incompétence, il se prononçait sur tout : la religion, l'économie, la politique, la science, la technologie, l'agriculture, la récolte des cornichons comme l'engraissement des porcs.

Espérant adoucir ses éditoriaux banals et mal écrits, mais largement diffusés par la radio, les politiciens montraient pour ce gratte-papier insignifiant la plus haute considération. Ils garnissaient son journal de la crème de la publicité gouvernementale.

Le prétendu journaliste aurait volontiers accepté un concours électoral, sous la bannière d'un vieux parti. Mais personne ne pensait à lui.

Bardouche connaissait ses travers et leur prix. Il souffla son nom à ses hôtes qui, sur-le-champ, lui demandèrent de le convoquer.

Chemin faisant, le saint homme, car il se considérait aussi comme presque parfait, chantonnait des cantiques de reconnaissance. Il répondait avec enthousiasme à l'invitation des sommités de son monde.

Bardouche vint l'accueillir au pied de la luxueuse victoria qu'il avait mise à sa disposition. Il enleva son chapeau en le saluant :

« Bonsoir, monsieur le chanoine », dit-il à son invité, qui sourit de plaisir et rougit de satisfaction quand les autres applaudirent son entrée.

Je ne sais pas comment ses commensaux pouvaient le regarder sans dégoût. Au lieu d'une chevelure humaine, d'abondants crins gris frisés couvraient sa tête et une large partie de son front déjà étroit. Des taches jaunes, rouges ou brunes marquaient ses joues creuses ainsi que son nez aquilin et tout croche. Son menton pointu, retroussé sous sa petite bouche en cul-de-poule, complétait l'aspect répugnant et diabolique du pieux homme.

On disait que, parfois, il avait honte de son aspect physique. Il ne regardait personne dans les yeux. Il les baissait ou les détournait. Il ne pouvait sourire : il ricanait comme le démon.

Il était hypocrite. Il jouait sur tous les tableaux. Il maniait l'intrigue de main de maître. Il était retors. Il accusait sans prouver. Il insinuait. Il condamnait avant de juger.

Cet affreux ascète humait avec gourmandise l'odeur des victuailles. Il goûtait tous les plats et en commentait savamment la composition. Il se prononçait sur les grands crus, même s'il n'avait jamais dégusté auparavant que la piquette dans les burettes du curé, en servant la messe.

Euphorique de gourmandise et d'alcool, il intervint dans la discussion sur une importante industrie du village, appelée à disparaître.

« J'ai ma petite idée là-dessus, lança-t-il. On pourrait la sauver en en changeant la direction.

— C'est beau à dire, enchaîna le député, mais qui pourrait remplacer le gérant actuel ?

— Je me sens un peu mal à l'aise. Mais j'oserais vous dire que mon frère William ferait fureur à la tête de La Salière.

— Pourquoi ne pas l'embaucher s'il peut relever l'industrie et maintenir les emplois ? Vos scrupules vous honorent, monsieur Vanbir. Mais rendez-nous le service de convaincre votre frère d'accepter le poste. Il y va de l'intérêt de la communauté tout entière. »

Et c'est ainsi que, du jour au lendemain, William Vanbir assuma la relève d'une industrie qu'en six mois il conduisit droit à la faillite.

C'était sans importance, aux yeux des détenteurs du pouvoir qui avaient ainsi acheté les bons services de son frère journaliste. Dorénavant, Frank Vanbir et son *Flambeau* seraient encore plus complaisants que ne s'y attendaient les intéressés.

Le *journaleux* trouverait dorénavant toutes sortes de vertus aux politiciens. Il vanterait les bienfaits du parti au pouvoir, tout dévoué au bien commun comme il se devait. Il critiquerait l'opposition vaine et tracassière. Il fermerait les yeux sur les scandales officiels ou plutôt les raturerait de sa plume. En contrepartie, la publicité gouvernementale et payante abonderait dans les pages du *Flambeau*.

À la fin du repas, Joseph Dulac, qui s'était permis de revenir parmi les siens, intervint pour dire que, d'une façon ou d'une autre, il faudrait bien se débarrasser de son fiston chassé de l'orphelinat. Sans doute pourrait-on l'y renvoyer, cette fois aux frais de l'Assistance publique ?

« N'embête pas mes hôtes avec tes niaiseries, interrompit Bardouche. Demain, à sept heures, ton fils entrera à la Brosserie DuPaul. Tu n'auras qu'à y passer chaque semaine prendre son salaire. »

Les délibérations et les libations prirent fin.

Le *chanoine* Vanbir, le premier, prit congé du seigneur du *Palais*.

Les autres s'attardèrent sur les lieux suspects jusqu'aux petites heures du matin. Sous l'effet de la bouffe et des digestifs, ils s'endormirent sur les banquettes.

***

Comme promis, je me retrouvai, à sept heures du matin, au travail à la Brosserie DuPaul, propriété de Bardouche.

Albéric DuPaul dirigeait la fabrique et, à part moi, le nouveau venu, il était aussi le seul qui y travaillait. Il m'accueillit avec un pauvre sourire sur son visage émacié.

« J'ai plus besoin de compagnie que d'aide, me souligna-t-il. Ici, les journées sont longues et dures. M. Pictou, le trésorier du maître, m'a parlé de toi. Je sais que, par dérision, comme si tu étais le fils du *Pape*, on t'appelle *Papuce*. Mais j'espère que tu ne ressembles pas trop à ton protecteur.

— C'est un surnom dont on m'afflige. J'aime qu'on me donne mon vrai nom : Jean Dulac, insistai-je.

— Pour ce que valent les noms des pauvres gens comme nous, je ne ferais pas tant d'histoires. D'ailleurs, il n'y a pas grand-chose pour nous dans ce bordel de monde. Je suis tout de même heureux que tu te joignes à moi. J'ai l'impression que nous allons bien nous entendre. Si tu le veux, nous allons d'abord faire le tour du propriétaire. Une petite promenade dans un établissement minable, tu verras. »

En effet, il m'accompagna dans une sorte d'entrepôt de bois poussiéreux, mal fini, sans aération, à peine éclairé par deux minuscules fenêtres sales et couvertes de fils d'araignées. On y respirait des odeurs insupportables d'huile de lin, de vernis et de teinture.

Au centre du plancher crasseux s'ouvrait une cuve de colorant verdâtre et visqueux dans laquelle trempait le bambou. À côté, les manches à balais baignaient dans un cylindre rempli d'essence de térébenthine et d'huile.

Au fond, près d'un mur, s'alignaient les brosses, les machines à coudre, la brocheuse à serpillières et les couteaux pour coiffer les produits.

Aux têtes des manches, nous attachions les tignasses de bambou teint en vert ou les déchets de laine. Nous rabattions ces cheveux en balais. Nous replions les perruques des vadrouilles. Nous les taillions. Et il ne restait plus qu'à peigner ce couple parfait, locataire universel des cuisines d'antan.

Nos chefs-d'œuvre portaient l'étiquette *FAIT À SARTIGAN, QUÉBEC, À LA BROSSERIE DUPAUL.*

Entassés dans des grosses caisses d'épinette rude, aux allures inoffensives, ils prenaient les chemins les plus divers, à part les magasins généraux. Nous ne nous posions pas de questions. Plus tard, j'appris que Pictou y camouflait de l'alcool de contrebande et de la marchandise volée.

Nous trimions dur pour assurer la rentabilité de l'entreprise qui garantissait la propreté des maisons, comme le soulignait la publicité, mais servait, en fin de compte, les sales desseins du patron. Du petit jour à la brunante, sans compter les heures, nous travaillions sans arrêt.

Je trouvais cette besogne abâtardissante et monotone. Répéter les mêmes gestes sans cesse, de la même manière, du matin au soir, comme une mécanique : teindre le bambou, brunir les manches, attacher, coudre, brocher, couper, emballer la marchandise, puis recommencer, rendait les journées longues et pénibles. Et je devais m'y prêter dans la chaleur ou le froid, selon les saisons, dans l'odeur empoisonnée des huiles, des teintures et des vernis, ou dans une atmosphère irrespirable et grise.

Le premier jour, le petit gérant sortit de sa boîte à lunch des sandwiches de lard salé, des tranches de gâteau et une bouteille de bière d'épinette. Avec envie je l'observais.

«Qu'est-ce que tu attends pour manger ton repas ? me demanda-t-il.

— Je n'ai rien apporté. Je n'ai pas faim», lui répondis-je.

Je n'osais pas lui dire la vérité. À la maison de pension, chez tante Elvire, on attendait que je l'aie gagné avant de m'offrir le pain.

Mon compagnon devina mon malaise.

« Allons, décida-t-il, j'en ai trop pour moi seul. Partageons.»

Sans explications laborieuses, tous les jours de la première semaine, il en apporta *trop...*

Et, avec son sourire ineffable de bonté, il répétait :

«Quand il y en a pour un, il y en a pour deux.»

Il profitait souvent de cette entrée en matière pour se vider le cœur de son ressentiment contre le grand patron :

« C'est un homme sans cœur ni honneur, se plaignait-il. Un véritable tyran. Il se croit tout permis parce qu'il est riche. Il contrôle tout. Il nous traite en esclaves. Ton père est son petit chien. Je ne suis guère mieux. Mais sans lui, hélas ! je n'aurais point de travail. Je cherche à oublier qu'il m'a volé ma femme et qu'il en a fait sa maîtresse. En outre, elle participe à l'administration de ses bordels. Sans doute était-elle trop instruite et trop belle pour moi. J'aurais dû marier un laideron. Personne ne me l'aurait enlevé. Elle raconte à tout le monde que je suis un ignorant, que je n'avance pas dans la vie. Tandis qu'avec Bardouche, c'est la puissance, la gloire et le luxe. Elle rampe amoureusement aux pieds du grand homme. Lui, il ne perd rien pour attendre. Je lui garde un chien de ma chienne. J'ai l'air d'un chien battu, mais je suis plutôt enragé. Je ronge mon os en attendant l'heure de ma vengeance. Il y a des limites à l'humiliation. Je ne suis pas un lâche. Il s'en rendra compte un jour. »

J'écoutais sans réagir. Je n'osais ni lui donner raison ni exprimer mon avis. J'essayais de réfléchir et de comprendre.

Je pensais à l'inutilité de la vengeance. Ne vaut-il pas mieux employer son énergie à réussir, à se montrer bon envers ceux qui le méritent, sans se préoccuper de la méchanceté des autres ? Pourquoi cultiver le malheur ?

Mon compagnon ne disait plus rien. Il paraissait songeur.

Puis, dès que l'amant de sa femme apparaissait dans l'embrasure de la porte, il se contorsionnait en courbettes.

La vie se chargerait de m'apprendre que l'avachissement, le manque d'entrain et de courage sont souvent la règle d'or que les hommes doivent suivre dans la société.

Tout terrorisait le pauvre DuPaul. Tout l'anéantissait : la trahison de sa femme, la domination de Bardouche, l'horreur de son lieu de travail, le couardise de ses amis autant que la sienne, l'hypocrisie universelle qui entretenait la misère et l'écœurement.

Sans doute aussi la serpillière et le balai n'étaient-ils pas des instruments efficaces de libération et de bonheur. Je le compris avant lui.

Un matin, sans me soucier de la fureur de mes despotes, mon père et son maître, je vins une dernière fois saluer mon cher contremaître.

« Tu fais bien de quitter la fabrique, me confia-t-il. Tu n'as pas d'avenir ici. Tu es jeune et courageux. Tu finiras bien par réussir, toi. Si tu retrouves la santé, si tu peux manger trois fois par jour, tu as l'audace de t'en tirer. Je te le souhaite de tout cœur. »

Il était sept heures du matin. Je n'avais pas le goût de recommencer un autre jour dans ces lieux infects.

J'éprouvais de la sympathie pour ce misérable DuPaul que je ne pouvais aider et qui, de mon point de vue, ne s'aidait pas lui-même.

Je quittai la Brosserie.

***

J'échouai chez un agriculteur, ami de Bardouche comme tout le monde. J'espérais me sentir mieux en travaillant au grand air.

Je devais abattre et débiter des aulnes et des érables nécessaires aux poêles, à la fois appareils de chauffage et fourneaux de cuisine.

J'habitais chez mon employeur, à la frontière du village et de la campagne. Pour me rendre à mon travail, dès l'aube, je devais passer tout près d'une maison ordinaire mais pour moi remarquable, au milieu d'un terrain dénudé et hautement clôturé de perches ; les enfants de six à douze ans y apprenaient à lire, à écrire, à compter, et un peu plus.

Une seule maîtresse assumait les six classes d'élèves, dans la même salle. Elle devait aussi entretenir et chauffer les lieux.

Cet établissement, à l'allure un peu triste, sans rideaux aux fenêtres, en clin noirci par le soleil, au toit de bardeaux goudronnés, accueillait une cinquantaine d'enfants.

De ma forêt, tous les matins, je voyais et j'enviais les bambins chanceux, aux costumes multicolores, qui se rendaient à l'école en chantant, criant et jouant. Puis, c'était le silence. Le mystère envahissait les lieux. J'en profitais pour verser des larmes et rêver à cette école que j'aurais tant voulu fréquenter.

Pour moi, l'institutrice devait être une femme bonne et douce comme sainte Béline. Elle devait être tellement différente des autres adultes cruels, violents, exploiteurs, qui ne pensaient qu'à l'argent et au mal! Il me semblait qu'elle devait apprendre aux écoliers l'amour du prochain, la bonté, la franchise, la gentillesse, la paix, le respect de la nature, l'histoire du monde, en plus de la lecture et de l'écriture. J'en pressentais les bienfaits, j'avais le goût de l'école comme du bonheur suprême.

Mais comment pouvais-je même y penser? Sans famille, sans argent, malade, faible, méprisé, comment concevoir ce petit château en Espagne et le peupler de chimères?

Le soir, vers cinq heures, j'avais l'habitude de revenir au foyer, si vraiment un abri chaleureux existe pour un orphelin. Je devais ramener des champs Marguerite et les autres vaches à l'étable, pour la traite, l'été, l'automne et le printemps.

Marguerite était mon amie et ma complice. Je me pendais à son cou. Je lui parlais. Je la faisais courir. Elle s'adaptait à tous mes jeux. Parfois, elle s'arrêtait quand l'école chantait de vieilles chansons bretonnes et jouait de la belle musique pour me donner la chance d'écouter. Sans doute qu'elle aimait ça, elle aussi.

Un soir, nous nous sommes approchés près d'un mur de l'école, le nez et le museau à la fenêtre, pour mieux voir et entendre. À la fin du concert, les élèves sortaient au pas de course. J'allais déguerpir à mon tour quand l'institutrice apparut dans la porte et me lança:

« Hé! Qu'est-ce que tu fais là?

— Je ne fais rien de mal, lui dis-je tout tremblant.

— Mais quoi encore?

— Je regarde les autres passer... J'écoute parfois. J'essaie d'apprendre un peu...

— Pourquoi ne viens-tu pas à l'école, toi aussi?»

Je levai vers elle des yeux ruisselants de larmes. Je détournai la tête en ajoutant :

« Je n'ai pas le temps. Je suis trop fatigué. Je travaille toute la journée dans la forêt. Et puis, je ne sais plus quoi vous dire.

— Ce n'est pas beau de mentir, dit-elle en souriant.

— À quoi bon vous expliquer ce que je pense. Vous ne comprendriez pas. Pardonnez-moi de vous le dire.

— Essaie toujours. Je ne suis peut-être pas aussi bête que tu le crois. Il y a toutes sortes d'adultes, comme il y a toutes sortes d'enfants.

— Si je m'absente du travail, je recevrai des coups de bâton. Je dois rapporter de l'argent à mon père et à son ami, mais ils ne m'en donnent pas pour aller à l'école. Pourtant, j'en rêve tous les jours. J'aimerais tellement apprendre à lire et à écrire comme les autres enfants.

— Ça peut s'arranger. Tu viendras rentrer le bois de poêle à l'école et, de temps en temps, chez moi. Ainsi, tu paieras tes livres, tes cahiers, tes crayons et tes leçons. Je t'apprendrai en secret.

— Ce n'est pas beau de mentir », lui dis-je en essayant de sourire à mon tour.

Je ne pus me retenir de lui sauter au cou et de l'embrasser.

Tout joyeux, je repris ma route avec Marguerite qui semblait aussi heureuse que moi.

Et le soir, après avoir ramené ma compagne et les autres vaches chez l'agriculteur, je rentrais du bois à l'école. Je m'émerveillais des dessins illisibles au tableau noir. Je m'attardais à fouiller les livres dont je ne comprenais que les illustrations.

**

Je repassais les leçons de l'adorable Mlle Hélène Saint-Cyr, du matin au soir, en travaillant. J'en oubliais mes creux d'estomac, ma fatigue et mes malaises d'enfant faible et mal nourri.

Tout bonnement, par son exemple, elle m'avait d'abord enseigné à sourire. Jusqu'à sa rencontre, je n'avais su faire que des minauderies à l'occasion. Dorénavant, en cachette, je m'exerçai au sourire en me regardant dans un vieux morceau de miroir. Il me fallut des semaines de contorsions devant la glace avant d'esquisser un certain air joyeux sur mon visage. Je finis par afficher un sourire à peu près naturel. J'éprouvais de plus en plus son effet bienfaisant sur les autres comme sur moi, puis je parvins définitivement à sourire en toute simplicité.

Mon amie se montrait enchantée de mes progrès scolaires rapides. J'étais tellement heureux ! Tellement enthousiaste ! J'entrevoyais que l'instruction m'éloignerait du monde hypocrite, violent et corrompu qui m'entourait.

Elle manifestait une prédilection chaleureuse pour la langue française. Elle me faisait dessiner une couronne et, au-dessous, un manteau royal où j'inscrivais *SA MAJESTÉ LA LANGUE FRANÇAISE*.

Elle me raconta l'histoire de son attachement singulier à notre langue. Elle avait appris le français dans une école du Canada anglais. L'enseignement et la communication dans cette langue y étaient interdits, sous peine de sanction. Clandestinement, avec une seule grammaire manuscrite pour quarante élèves, l'institutrice apprenait le français aux petits francophones comme elle. Quand l'inspecteur frappait à la porte, elle passait à l'anglais.

Mlle Saint-Cyr me communiqua son amour du français, un trophée qu'elle avait conquis de haute lutte.

Dès que je sus un peu lire, je mis la main sur un premier livre, bien savant pour ma petite tête : les *Sermons* de Bossuet. Cet orateur religieux s'était illustré au temps de Louis XIV. Il traitait avec emphase de l'ambition, du mauvais riche, de la Providence et de la mort, sujets bien sérieux pour un enfant. À voix haute, en allant chercher Marguerite ou en la ramenant au champ, au milieu de mes aulnes et de mes érables, je me récitais ces prônes. Ma compagne et moi, nous n'y comprenions rien, mais j'aimais le rythme et la solennité des phrases.

Puis j'héritai d'un *Petit Larousse* à demi effeuillé que je parcourus laborieusement de la première à la dernière page qui restaient.

Enfin, dans les poubelles de la gare, je récupérai de vieux journaux dans lesquels je pouvais lire les bandes dessinées d'Yvan le Terrible et de la souris Miquette, les précurseurs de Tintin et d'Astérix.

Mlle Saint-Cyr m'initia ensuite à la composition.

J'inventai l'histoire d'un paysan qui se plaignait d'avoir trop de bouches à nourrir et d'avoir à subir, par surcroît, la présence d'un orphelin de sa famille. Il n'osait s'en prendre à cet enfant : il craignait trop le diable et la police. Il se défoulait en égorgeant des agneaux. Puis il abandonnait leurs cadavres ensanglantés près de la bergerie, sur un tas de fumier, et les y laissait pourrir, parfois à peine dissimulés sous la neige.

À la longue, le pauvre homme ne pouvait plus supporter la vue de ses victimes ni ses remords. Un jour, la pelle à la main, il s'amena sur les lieux de ses crimes pour enterrer les cadavres. Il glissa, tomba sur sa pelle. Il saignait. Levant la tête, il se trouva nez à museau avec l'une de ces bêtes. Il eut un sursaut de dignité. Il se redressa. Il courut à la maison. Il jura à sa femme et à ses enfants de ne plus tuer d'agneaux et de ne plus jamais songer à la mort des orphelins.

Et, depuis ce jour, il cessa de se plaindre des bouches à nourrir. Au contraire, il trima dur, avec joie, pour leur donner du pain.

Il va sans dire que mon conte s'inspirait d'une certaine réalité et qu'il était farci de fautes d'orthographe. Cependant, la maîtresse en apprécia le style et l'imagination. Mais elle m'incita à me tenir plus près de la vérité...

Pourtant, je n'en étais pas très loin. Je l'avais arrangée un peu : mon vrai paysan continuait à se plaindre des bouches à nourrir et de l'orphelin que j'étais, même si je lui rapportais bien...

Les études et le travail, à la fin, c'était trop. Je tombai malade. Je dus rester au lit. Bardouche pesta contre ma paresse.

J'en profitai pour répéter, dans ma tête, les leçons de ma grande amie et pour essayer de comprendre les sermons de Bossuet sur le mauvais riche.

***

Je me sentais mal. Même si je poursuivais mon travail de garçon de ferme, on m'avait envoyé *en pension* chez tante Elvire. Je repris ma place sous l'escalier, avec le chien.

Mais bientôt je dus être transporté d'urgence à l'hôpital du Sacré-Cœur, là-haut, sur un plateau désertique où tout n'est qu'horreur, calme et presque l'éternité.

Plus ou moins à l'article de la mort, une bonne dizaine de patients attendaient les derniers sacrements autour de moi, à l'étage dit des mourants.

Malade de privations, de travail excessif et d'inquiétude, je les rejoignis dans leur grande salle blanche, éthérée, sans rideaux, triste comme une chambre mortuaire. Seule une croix de bois noire en décorait les murs.

On n'y comptait plus les jours mais simplement les heures.

Quelques têtes échevelées surgissaient çà et là parmi les tubes, les bouteilles, les poids, les cordes et les plâtres de la quincaillerie hospitalière. Les plus taciturnes se réfugiaient complètement sous les couvertures.

Le vieux chirurgien Pasco, aussi dentiste à ses heures, rendit visite aux agonisants. D'un pas rapide, l'air préoccupé, il n'en fit pas moins l'effort de sourire. Il s'était habitué à ces drames de sa vie quotidienne et il en paraissait presque heureux.

Il m'aperçut tout à coup parmi les vieillards. Sans me demander mon nom ni me dire bonjour, il souleva mes draps et il se mit à me tâter l'abdomen. Je sursautai sans me plaindre : je n'en avais point l'habitude.

Insouciant de mes réactions, il conclut :

« Ce n'est pas beau du tout. Je dois l'opérer d'urgence. C'est l'appendicite aiguë. Si on découvre autre chose en cours de route, on avisera. Faites-lui sa toilette. »

La garde-malade qui l'accompagnait procéda avec vigueur et célérité à une série de lavements, aussi fréquents et inutiles que les saignées d'autrefois.

Je passai une très mauvaise nuit entre mes borborygmes et les râles de mes voisins.

L'infirmière réapparut avec le soleil.

« Je viens te faire une beauté », dit-elle en souriant.

Après la toilette de mes *parties intimes*, comme elle disait, elle me transporta sur le brancard à roulettes à la salle d'opération. Aussitôt le masque d'éther me fit perdre conscience.

À midi, je revins à moi. Je retrouvai ma place parmi les moribonds.

J'avais des nausées. J'avais terriblement soif : interdiction de boire. J'avais mal au dos : on m'attacha solidement au lit pour m'empêcher de bouger. J'avais mal à la tête : la sœur hospitalière me conseilla de penser aux bonnes âmes du purgatoire. Je ne pouvais même pas sourire sans douleur. D'ailleurs, je n'avais pas envie d'essayer.

Je touchais péniblement ma plaie abdominale : d'une dizaine de centimètres de longueur, elle était suturée d'agrafes métalliques et terminée par un tuyau qui drainait le pus dans une cuvette près de mon lit.

Le soir de cette journée mémorable pour la médecine et surtout pour moi, l'infirmière m'oublia dans la lumière blafarde et diffuse d'une faible veilleuse.

Les moribonds poussaient des cris macabres. L'un d'eux se mit à râler faiblement. Enchaîné à mon lit, je ne pouvais lui apporter mon aide comme je l'aurais voulu. Je le vis s'éteindre doucement comme une lampe à bout d'huile.

Le lendemain, on me transféra dans la salle des convalescents.

Le docteur Pasco, l'aumônier, l'infirmière et même le balayeur me gratifiaient, à qui mieux mieux, d'attention et de gentillesse. J'aurais voulu, malgré mes malaises, prolonger ce bienheureux séjour.

Je me sentais mieux. Je bénéficiais de quelques bons repas.

Puis je dus céder ma place à d'autres. De toute façon, ni Bardouche ni mon père n'entendaient gaspiller plus d'argent, même si je l'avais gagné, en me laissant encore quelques jours à l'hôpital. Je devais me remettre au travail et *rapporter*.

Ma tante Caroline, une sainte mère de vingt-quatre enfants, vint me chercher pour me ramener chez tante Elvire. Bardouche m'y attendait :

« Fini le pique-nique, me lança-t-il de sa grosse voix. Il faut te remettre à l'ouvrage. On ne gagne pas son pain à traîner sur une paillasse. »

***

« La charrette t'attend dans la rue », ajouta le maître de céans.

Pêle-mêle s'y entassaient : une jarre de lard salé, une boîte de galettes de sarrasin, des sachets de sel et de poivre, de la farine, des navets, des carottes et des pommes de terre ; une hache, une écorceuse, une meule-aiguisoir, une lime d'acier ; une mesure, de la vaisselle de granit et un chaudron de fer, des allumettes, plusieurs scies dont une scie d'élagage, et un passe-partout à deux mains, comme si un fantôme allait m'aider.

Mon père monta le premier. Il prit furieusement place à côté de moi.

Bardouche parut s'amuser de la scène. Il donna un coup de pied au ventre du cheval, qui partit en coup de vent.

Sous mes vêtements, je sentais couler le sang et le pus. Je n'osais me plaindre de mon insupportable malaise.

Sartigan s'apprêtait à hiverner. Les habitants commençaient leur vie casanière de la mauvaise saison automnale. Les cheminées brûlaient leur bois franc.

Le fossoyeur, en route vers le cimetière, salua joyeusement mon père :

« Quand me l'emmènes-tu, celui-là ? » cria-t-il en riant.

Nous longions la rivière. Près de l'église, mon père leva son chapeau. Nous empruntâmes le pont du Député. Sur le pas de la porte de l'un des bordels de Bardouche, dans le *Village des Papes* que nous traversions, son bras droit Pictou, le cigare au bec, humait l'air frais. Puis nous montâmes la côte de la Gare pour nous aventurer dans la campagne.

Des arbres rabougris et des rochers monstrueux bordaient notre route. Les coups de fouet au cheval et les jurons du cocher contre Bardouche et le petit vaurien que je représentais à ses yeux troublaient le silence inquiétant des lieux.

Nous nous engageâmes dans le premier rang du canton de Canbonne, où tombaient en ruine de vieilles maisons grises, abandonnées dans les broussailles à l'orée de la forêt.

Nous nous arrêtâmes une vingtaine de kilomètres plus loin.

«C'est ici que tu dois gagner ton pain et tes frais d'hôpital. À dix ans, tu dois savoir te débrouiller», me lança le paternel.

Il déchargea les outils et les victuailles, qu'il déposa au pied d'un arbre.

«J'espère que tu ne chômeras pas», insista-t-il avant de remonter dans sa voiture et de disparaître sans même se retourner pour me dire adieu.

Un ruisseau déchirait le tapis de la neige naissante. Il serpentait à travers les cailloux, les racines des arbres et les lycopodes figés. Tout près, une roche d'où surgit une grenouille verte, retardataire, qui sauta à ma rencontre comme pour me dire bonjour. Biologiste en herbe, j'aurais aimé la prendre, la mettre dans mon seau pour l'observer et peut-être m'en faire une amie. Mais il valait mieux, me sembla-t-il, la laisser libre.

En hâte, je me mis à bâtir ma cabane de bois rond, à la manière traditionnelle des bûcherons. Je ne voulais pas me laisser surprendre par la nuit et les bêtes sauvages.

J'émondai les troncs des conifères pour les disposer en quadrilatère. Je les empilai les uns sur les autres pour monter les murs. Je laissai une ouverture qu'une grosse pierre, provisoirement, pourrait tenir fermée. J'étendis des branches de sapins sur les billots du toit et sur le plancher de terre. J'avais appris ce type de construction chez un agriculteur.

Fourbu, inquiet, malade, je m'efforçai de m'endormir, la tête sur mon bras droit en guise d'oreiller. Je gardais ma hache à portée de la main. Dans le noir, j'entendais des cris étranges et des bruits dans les arbres.

Des musaraignes audacieuses ne tardèrent pas à élire domicile chez moi. Elles reluquaient mes galettes enfermées dans un bocal transparent.

J'eus beau compter les moutons et repasser mon alphabet, je ne parvins pas à trouver le sommeil de la nuit. Quand le soleil s'infiltra dans le dôme des branches, je me sentis un peu rassuré.

J'allumai un feu sur une pierre creuse. Je fis cuire des pommes de terre, que je mangeai comme des fruits avant de m'attaquer à la forêt.

J'abattis des sapins et des épinettes de moyenne grosseur. Je les émondai. Je les coupai en morceaux égaux que je cordai soigneusement. Quelques semaines plus tard, la Compagnie universelle des Pâtes à papier devait venir en prendre livraison.

Autour de moi, je groupai une petite famille : un gros ours brun, que j'appelai Monsieur, à cause de la noblesse impressionnante de son allure ; un chevreuil, la tête haute et le nez dans le vent, quoique simple et gentil, reçut le nom de Snob ; un petit coyote ratoureur, mon ange gardien, fut nommé Lucifer ; enfin un lièvre gris qui, tous les matins, par petits sauts, nerveux, s'empressait de venir me saluer, fut appelé Pacifique et, naturellement, vivait en paix avec tout le monde.

Mes amis furetaient et s'affairaient alentour. Ils avaient l'air de s'occuper à ne rien faire, comme des sénateurs ou des fonctionnaires. Ils s'entendaient comme des frères. Ils se saluaient du museau. Ils faisaient la sieste les uns à côté des autres. Ils partageaient leur gibier ou leurs baies. Ils gambadaient comme des enfants dans la cour d'une école. Et jamais ils n'échangèrent de coups de griffes, comme font les humains en société.

Cependant, le baume de cette bienfaisante amitié ne suffisait pas à guérir mon inquiétude et mes malaises. Je ne m'habituais pas à ma solitude ou plutôt à mon isolement ni aux dangers de la forêt. Je souffrais de faiblesse, de malnutrition et d'épuisement. Les derniers temps, je restais plié en deux pour travailler tant j'avais mal.

À la fin, je tombai inconscient sur le sol.

Quelques jours plus tard, mon frère aîné, apprenant de Bardouche que j'étais passé de l'hôpital à la forêt, s'inquiéta. Il emprunta un cheval de tante Caroline et vint à ma recherche. Il me trouva gisant comme mort, à la porte de ma cabane.

Monsieur veillait sur moi comme un chien fidèle. Lucifer et Pacifique déguerpirent. Snob observa la situation à respectueuse distance.

Mon frère me ramena à l'hôpital.

***

Le docteur Pasco m'accueillit en maugréant au moment où je commençais à reprendre conscience.

«Idiot! A-t-on idée d'aller bûcher avec le ventre ouvert? C'est une tentative de suicide! dit-il sur un ton de colère.

— Ce n'est pas sa faute, intervint mon frère, on l'a forcé. »

Le médecin ne prêta aucune attention à ce propos. Il était préoccupé. Se tournant vers l'infirmière, il lui confia à voix basse:

«Nettoie sa plaie. On ne peut rien faire de plus. C'est trop tard. Tu le renverras chez lui finir ses jours. »

L'opération m'avait laissé une plaie de dix centimètres de longueur. Elle s'était rouverte. Le pus en coulait sans cesse. Les agrafes, les caillots de sang et les gales s'y confondaient.

La garde-malade jugea bon de me prévenir:

«Il vaut mieux que tu le saches, mon enfant, il te reste peu de temps à vivre. Nous ne pouvons plus rien faire pour toi. Prie le bon Dieu de te recevoir dans son paradis. Tu y seras mieux que sur cette terre, de toute façon. »

Ce disant, elle se retourna pour cacher ses larmes.

Un livreur de légumes et de viande offrit de me prendre dans sa charrette pour me ramener chez tante Elvire. Je m'assis sur un quartier de bœuf.

En me voyant revenir à demi mort, marchant courbé en deux et me tenant le ventre, mon père s'écria :

« Ça ne finira donc jamais avec toi !

— Je ne vous embarrasserai pas longtemps, lui répondis-je. Ils me l'ont dit à l'hôpital.

— Ne me dis pas que tu vas encore guérir !

— Non ! Soyez sans crainte. Je vais mourir dans quelques jours.

— En attendant, tu vas fendre le bois de poêle. »

L'alcool le faisait déraisonner.

Pour rendre le service requis, une dernière fois, je tentai de me lever et d'aller prendre la hache pour fendre le bois. Je tombai sans connaissance.

Le paternel éprouva une certaine pitié. Il me fit transporter dans sa chambre. Pour la première fois, je quittai mon refuge sous l'escalier et je pus dormir dans un vrai lit.

De vieilles tantes et de pieuses voisines me veillèrent toute la nuit en récitant des rosaires. Elles éteignirent la lampe à pétrole et allumèrent des lampions.

De temps à autre, elles allaient partager avec les hommes, qui fumaient dans la cuisine, des morceaux de pâté de viande appelé *tourtière*, des beignets et de bonnes histoires.

Aux gauloiseries se mêlaient des paroles à double sens ou des réflexions *profondes* :

« Tu as mis trop d'épices dans ta viande de porc...

— C'est pour faire oublier le goût du cochon.

— Pauvre enfant ! Il n'aura pas eu le temps de connaître la vie. Ce qu'il manque !

— De rencontrer les putains de Bardouche ? »

Puis une pieuse femme reprit les *Ave Maria*.

Les hommes prolongèrent leur débat entre deux verres de scotch.

Le confort inhabituel m'aida à passer une bonne nuit. Le lendemain, on me servit trois repas au cours de la journée, ce qui, pour moi, était extraordinaire. Le troisième jour, je me sentis mieux.

L'inquiétude grandit autour de moi. La désillusion se répandit. On commençait à croire que je ne crèverais pas. On plaignait le pauvre Joseph.

Ce fut le comble quand je décidai de m'asseoir dans mon lit. Ma plaie se refermait d'elle-même. Je guérissais. Les rosaires se turent. Les lampions s'éteignirent. Je dus reprendre ma place sous l'escalier en attendant de retourner travailler à la ferme de mon ancien employeur, mais en *pensionnant* encore chez tante Elvire.

Seul le chien, qui m'y attendait en frétillant, semblait se réjouir de mon retour à la vie et à ma place.

Je souriais de la déception de mon entourage. J'en résolus de vivre et de m'instruire coûte que coûte, pour sortir de ce milieu.

Je pensais que le brave Dr Pasco se montrerait aussi étonné que ravi de ma résurrection.

***

Ce n'était sans doute pas pour remercier le Seigneur qu'à cette époque Bardouche et mon père entreprirent un pèlerinage à Sainte-Anne-de-Beaupré, après s'être assurés que je reprenais mon travail d'ouvrier agricole chez un cultivateur. Ils en profiteraient pour se plaindre de ma survie mais, surtout, pour célébrer dans les cabarets de Québec, pendant que leurs vertueuses femmes attendraient leur retour en priant la Sainte Vierge.

Comme ils avaient deux villages, les Sartiganais avaient deux vies.

Du côté oriental de la Chaudière, je le rappelle, l'église, le magasin général, la bière d'épinette, les femmes au foyer, le couvent, le collège, l'hôpital, les neuvaines, les sermons sur l'honnêteté, les œuvres de charité, les craintes infernales, la Maison du poète, un vrai maire et que sais-je encore de tout à fait dans l'ordre.

On y travaillait le jour parce qu'on ne pouvait faire autrement et aussi parce que, malgré tout, il n'y avait pas assez d'enfants libres pour servir d'esclaves : les fils et les filles de famille allaient à l'école et à l'église et étaient traités comme rois ou reines. Seuls les orphelins en bonne santé pouvaient servir de domestiques à vil prix.

De l'autre côté, le *Village des Papes*. Parallèle. Clandestin. Nocturne.

Avec ses bordels, ses entrepôts de marchandises volées et son butin de contrebande, son alcool frelaté, ses alambics dissimulés dans les granges ou les porcheries, les jurons, les bavardages politiques et les conciliabules sur le tripotage.

Là on se racontait les bons coups de Bardouche : fraude, escroquerie, contrebande, et un beau petit meurtre accompli à Québec pour le compte du parrain de New York.

Cependant, les citoyens des deux rives partageaient la charité occasionnelle, les messes basses les jours de fêtes et la grand-messe du dimanche, l'adoration du saint sacrement le premier vendredi du mois, les vêpres et les confessions.

À peu près maître des deux villages, Bardouche assumait naturellement la haute direction du pieux voyage.

Après s'être ravitaillés en alcool, beurre, pain, oeufs, et approvisionnés en tourtières et pâtés de porc (qu'autrefois on préparait avec de la viande de tourte), déposés au fond de leurs charrettes dans une boîte de glace enveloppée de bran de sice, les braves maris embrassèrent leurs femmes en montrant une feinte émotion.

Tôt le matin du départ, victorias, calèches, charrettes et wagonnets s'alignaient à la queue leu leu devant l'église paroissiale. Des bâches couvraient les cages de volailles et les cageots de légumes qu'on allait vendre à Québec.

Une dernière fois, de la main, les femmes saluèrent leurs *hommes* en répétant leurs conseils chaleureux et banals :

« Fais attention à toi. »

« Soigne-toi bien. »

« Sois prudent. »

« Allume un lampion devant la bonne sainte Anne pour la guérison de notre petite Aurélie. »

Puis le curé vint bénir le cortège qui, aussitôt après la cérémonie, se mit en branle.

Pour éviter le pont du Député toujours chambranlant, comme la politique de son titulaire, les voyageurs traversèrent la rivière là où son niveau se trouvait le plus bas.

Ils empruntèrent la route qui longeait la Chaudière et firent une pause à Sainte-Marie.

Fondé au dix-huitième siècle, ce petit village bourgeois et prospère a donné au Québec son premier cardinal, descendant du premier seigneur. Sa chapelle Sainte-Anne, érigée en 1892, offrait un avant-goût de la basilique de la mère de Marie que les pèlerins s'apprêtaient à visiter.

Ils en profitèrent aussi pour jouer aux cartes, selon leur habitude, et boire du *petit caribou*, un mélange d'alcool pur et de vin, jusqu'aux petites heures du matin, en compagnie de leurs hôtes, des parents lointains.

Ils sommeillèrent quelques heures dans l'écurie, couchés sur le foin, près de leurs chevaux.

À sept heures du matin, ils reprirent la route sans oublier d'offrir quelques bouteilles de petit caribou à ceux qui leur avaient donné l'hospitalité.

Ils feraient ainsi deux autres arrêts avant d'arriver à Québec. Ils faillirent en oublier la bonne sainte Anne.

***

Ils s'arrêtèrent à l'*Auberge de la Gare* de Québec. Ils y rencontrèrent des acheteurs qui, en partie, les payèrent en monnaie courante et, en partie, troquèrent leurs marchandises contre des *Cent Fleurs*, ainsi qu'ils appelaient les sacs de farine de cent livres, contre des vêtements et de l'alcool de contrebande, le *p'tit saint-pierre*, de l'archipel Saint-Pierre-et-Miquelon.

Ils allèrent ensuite célébrer dans la *chapelle*, la salle de dégustation du maître des lieux, qui annonçait ses plus belles bouteilles en forme de statuettes exposées dans des niches. Ils pouvaient y admirer les fous du Roi, les sirènes et Bacchus.

Cette première journée se termina dans les chambres luxueuses, malpropres et *meublées*...

Après la grasse matinée, le lendemain, les pèlerins maugréaient contre l'aubergiste, cause de leurs maux de tête. Pour s'en remettre, ils recommencèrent à boire en jouant aux cartes.

Quand ils n'eurent presque plus de sous en poche, le maître de ces lieux maudits leur servit un dernier verre de piquette et les invita à quitter la place.

Épuisés, ruinés, tiraillés de remords, les fêtards firent un crochet par la petite église voisine de la gare et un magasin d'articles de piété, histoire de se faire une idée de ce qu'ils allaient raconter aux femmes...

Avec la monnaie qu'il leur restait au fond de leurs poches, ils se procurèrent des souvenirs de Sainte-Anne-de-Beaupré. Ils achetèrent une brochure sur le Cyclorama de la vie en Terre sainte au temps du Christ, des cartes postales de la chapelle miraculeuse et de la basilique, des images de la bonne sainte Anne, des médailles et des chapelets.

Par précaution, ils se firent expliquer par la vendeuse un peu d'histoire sur Sainte-Anne-de-Beaupré.

À leur fondation en 1657, les saints lieux portaient le nom de Petit Cap. En 1658, le colon Étienne Lessard fit don d'un terrain à condition qu'on y érige une chapelle en l'honneur de sainte Anne. Cette même année, l'abbé Vignal bénit le premier sanctuaire, par la suite remplacé par une autre chapelle puis par une église. En 1876, on construisit la grande basilique qui, incendiée en 1922, fut remplacée par la basilique actuelle.

Le retour dans la Beauce, comme l'aller à Québec, s'effectua par étapes et dans des célébrations plus modestes, dont Bardouche dut faire les frais. La bande lui serait longtemps redevable de ce financement. On répétait les leçons d'histoire sainte qu'on aurait à raconter à Sartigan.

En arrivant au village, ils se sentaient inquiets. Quelles questions les femmes allaient-elles leur poser sur Beaupré, sur sainte Anne et sur le voyage ? sur leurs dépenses ? sur leurs dévotions ?

Heureusement, elles n'en posèrent aucune.

À bras ouverts, les larmes aux yeux, les épouses reçurent leurs pieux maris en héros fatigués. Elles les aidèrent à se dévêtir et à se déchausser.

Elles prirent la peine de dételer elles-mêmes les chevaux et de décharger les voitures.

Elles n'en finissaient pas de baiser les objets de piété bénits de Sainte-Anne.

Pendant que les hommes prenaient un repos bien mérité, elles ouvrirent les sacs de *Cent Fleurs* pour leur préparer des tartes aux fruits et des pâtés de viande de porc.

De temps à autre, elles jetaient un coup d'œil à la fenêtre. Dans la neige hâtive déjà se figeaient des centaines de fleurs un peu tristes, alourdies de petits glaçons brillants, au bord des larmes, si l'on peut dire, de survivre ainsi dans ce monde odieusement dévot.

Les rideaux tirés, heureuses, les pieuses femmes récitèrent de nombreux chapelets en reconnaissance à la bonne sainte Anne. Jamais elles ne sauraient que leurs braves maris avaient seulement fait une excursion mondaine à la gare, pour ne pas dire dans le quartier des maisons louches de Québec.

***

Pictou, le *ministre* des Finances et de l'Intérieur de Bardouche, n'avait pas participé au pèlerinage de Sainte-Anne. Avec Mme DuPaul, il avait surveillé la bonne marche des affaires de son maître absent.

La nuit, dans les tripots du *Village des Papes*, il accueillait les honnêtes gens de l'autre village de Sartigan. En un tournemain, presque sans effort, il les convertissait en joueurs, contrebandiers et tricheurs conjugaux.

La DuPaul enrichissait son équipe de prostituées frustes de quelques-unes de ses anciennes compagnes de couvent, devenues désœuvrées. Elle leur enseignait l'art de se bercer, de tricoter et de prier aux fenêtres du lupanar en faisant des clins d'œil aux passants.

Les *tricoteuses*, comme on les appelait, apprirent très bien leur leçon. Elles toisaient le client, lui faisaient des œillades irrésistibles, lui montraient du regard la petite porte discrète qui conduisait auprès d'elles.

Un petit arrêt au comptoir pour verser les cinq dollars requis, le visiteur pouvait ensuite suivre sa belle de nuit. Après la *saucette*, ainsi que les villageois nommaient les brefs jeux de l'amour, ils passaient à la salle de jeux de hasard et de cartes où ils se laissaient plumer comme des oisillons. L'alcool arrosait le bridge ou le poker, sous l'œil vigilant de plantureuses serveuses qui vidaient leurs porte-monnaie.

Quand ils n'avaient plus le sou, les joueurs insistaient encore pour entreprendre une autre partie, mais la patronne intervenait et les incitait gentiment à quitter la maison et à aller rejoindre leurs femmes.

Elle avait aussi la haute main sur les spectacles de l'établissement. Elle recrutait des artistes dodues, débraillées et dépourvues de talent. Elle leur demandait seulement de se déhancher, de raconter des histoires grivoises, d'exécuter des mouvement lascifs et grotesques pour faire plaisir à la clientèle.

Joseph Dulac et son ami Poléon Dostie, surnommé l'*orateur sacré* parce qu'il ne cessait de blasphémer, passaient le plus clair de leurs journées à boire et à jouer dans la maison de désordre.

Assis sur une banquette, près de la porte, le fou du village, qu'on appelait ironiquement Léonard de Vinci, les observait du coin de l'œil avec envie.

Des escrocs, des chevaliers d'industrie et des politiciens fréquentaient aussi les lieux pour être bien vus du patron.

Ainsi, l'entreprise de Bardouche prospérait même pendant son absence mais non à son insu.

***

Souvent, j'entrepris de sortir mon père de ces lieux maudits.

Tôt le matin, en trichant mon employeur, je m'y amenai un jour.

Le paternel ronflait, affalé au bar entre une bouteille vide et une fille langoureuse.

Je m'en approchai avec précautions. Je fis mine de ne pas entendre les grossièretés des ivrognes que je devais enjamber sur mon passage et j'ignorai les invitations suspectes ainsi que les menaces des petits gangsters à l'air bravache.

Mon père finit par s'éveiller de très mauvaise humeur.

« Punaise de sacristie ! Chien de poche ! Bâtard d'orphelinat ! Tu n'es pas écœuré de me suivre ? Quand vas-tu me foutre la paix ? Ce n'est pas une place pour toi, ici ! cria-t-il.

— Pour vous non plus », lui répliquai-je.

Les buveurs hébétés s'interposèrent :

« Laisse-le tranquille, petit chenapan ! Il a bien le droit de s'amuser. Cesse de faire le faux enfant de chœur ! Sois un homme ! Viens prendre un verre avec nous. Viens, les filles vont t'apprivoiser. »

Et ils éclatèrent d'un rire monstrueux.

La DuPaul trouva qu'ils exagéraient tout de même un peu. Peut-être, un instant, songea-t-elle à son propre fils ? Elle se porta à ma défense.

D'une main ferme, elle empoigna Dulac et me le traîna jusqu'à la voiture. Elle m'aida à le hisser sur la banquette. Aussitôt, il s'y laissa tomber et se mit à ronfler.

Je montai à mon tour. Le cheval se mit en marche, sans guide ni commandement : il connaissait son chemin.

Il n'y avait pas, à cette heure au village, âme qui bougeât. Seuls quelques rares spécimens de la nature et de la société égayaient l'aube calme.

Des moineaux piaillaient en effritant le crottin dans la rue. Des mouffettes dégustaient paisiblement les reliefs des poubelles.

Le bedeau se frottait les yeux, en chemin pour aller sonner les cloches de la messe basse. Au pas de course, le laitier allait déposer ses bouteilles sur le seuil des portes. Le postillon arrêtait du mauvais côté des rues pour déposer ses lettres dans les boîtes. Le cantonnier, appuyé sur sa pelle, fumait sa pipe pour perdre du temps et gagner plus d'argent.

Mon cheval s'immobilisa à la porte de l'écurie, prêt au dételage. Je le comblai de foin, d'avoine et d'eau. Je flattai sa crinière avec reconnaissance. Il me jeta un regard amical en bavant de plaisir.

J'eus beaucoup de mal à éveiller mon passager, à le tirer de la voiture, à le soutenir. Il ne s'aidait point. Il tomba. Je le relevai avec peine.

En titubant, il se dirigea vers la grange, où il cachait son whisky sous la paille. À son insu, j'avais baptisé son alcool. Dès qu'il mit le goulot de sa flasque à ses lèvres, il cracha en jurant :

« Le bandit ! Le salaud ! Il me le paiera un jour ! Il a encore pissé dans ma bouteille. »

Il revint à l'écurie pour fouiller son autre cache, la crèche du cheval : il n'y avait plus rien.

Il se mit à invectiver le fantôme de son maître. Il se frappa le visage contre les murs des stalles. Il s'énerva. Il perdit la raison et tomba dans le purin.

Péniblement je le relevai pour le traîner jusqu'à la maison.

Le chapelet dans une main, la canne dans l'autre, le verbe haut et colérique, Elvire nous enguirlanda tous les deux :

« Sale cochon ! Ton fils est rendu comme toi à flâner dans les tavernes. Tu t'es encore soûlé. Tu ne seras jamais assez malade à mon goût ! »

Elle termina par un signe de croix pour chasser le démon de la colère et se faire pardonner par Dieu.

En silence, malgré tout, s'appuyant sur sa canne, elle m'aida à monter son beau-frère au grenier et à l'y mettre au lit. Par scrupule, elle me laissa le dévêtir.

Il vomit. Il marmonna des inepties sur les abus des hommes, des autres...

J'ai dû vivre ces mêmes scènes et démarches bien des fois, plutôt la nuit ou aux petites heures du matin, avant de revenir au travail, épuisé.

Bardouche appréciait cette déchéance, à sa juste valeur pour ses affaires. Il l'exploitait. Il en tirait profit. En flattant leurs vices, il s'assurait de la loyauté de la DuPaul et de Dulac.

La morale ne semblait pas exister pour lui. La misère humaine le laissait indifférent. Je ne pouvais certainement pas compter sur lui pour remettre mon père sur la voie de la raison, de la sobriété et de la joie de vivre.

***

Tout était prétexte à la fête ou plutôt au gâchis et au malheur délibérément entretenu par le roi de la Beauce. Il me mettait plus ou moins à contribution malgré moi. Même la célébration du temps des sucres n'échappait pas à son règne diabolique.

Les paysans se remettaient de la dureté de l'hiver en préparant le retour printanier dans les érablières. Ils perçaient un trou dans l'écorce des érables, y mettaient un chalumeau à crochet pour y suspendre un seau qui recueillait la sève sucrée, ensuite vidée dans des tonneaux attachés à des traîneaux hippomobiles.

Transportée à la cabane, l'eau y était versée dans d'immenses bouilloires. Une variété pauvre de l'érable ou les vieux arbres et le hêtre alimentaient le feu. Les évaporations successives donnaient un sirop doré et, si on insistait, de la *tire*, c'est-à-dire un sirop qui avait la consistance du miel ; ou encore du sucre.

Pendant la transformation du merveilleux nectar, on chantait, on dansait et surtout on buvait du rhum. On se plaisait aussi à tricher aux cartes.

Ce qui donnait à Bardouche et à ses acolytes l'occasion de vendre aux invités de l'alcool frelaté, mêlé au sirop d'érable.

Aux producteurs, il suggérait d'ajouter du sucre *blanc* au sucre d'érable destiné à nos voisins du sud ou bien des cailloux pour en augmenter le poids.

Les acheteurs américains frustrés se plaignaient auprès des ambassadeurs ou des consuls. Ces automates transmettaient les dossiers aux politiciens, qui promettaient de se pencher sur l'affaire assez longtemps pour l'oublier...

Quelques accusations aboutissaient sur la tribune d'un juge qui, faute de lien de droit, selon la formule consacrée, déboutait les demandeurs de leur requête.

Comme nos honnêtes commerçants subissaient la même sorte de fraude dans l'importation de la camelote des États-Unis et y connaissaient la même déconvenue juridique, on se trouvait quitte...

Quand, à la fin, on enlevait les chalumeaux, pendant quelques jours les érables continuaient de pleurer de honte cette fête printanière qui tournait si mal...

***

C'est à l'occasion des sucres que le chef du *Village des Papes* avait entamé des rapports fructueux et douteux avec ses grands cousins de la mafia new-yorkaise.

Il leur vendait de la *bagosse*, un alcool frelaté de ses alambics clandestins. Contre les artistes des cabarets d'outre-frontière, il échangeait des effeuilleuses et des prostituées québécoises. Il troquait des armes contre des cigarettes à bas prix. Il achetait de la marchandise volée qu'il écoulait chez les honnêtes marchands des magasins ou dans les marchés aux puces.

À l'intérieur comme à l'extérieur du Québec, il pouvait compter sur la protection de ses amis américains, c'est-à-dire sur leurs fiers-à-bras ou leurs tueurs à gages. En contrepartie, il partageait avec eux les produits ou les profits de ses brigandages, de la corruption et de ses tripots.

D'eux, il apprit vite le raffinement dans l'usure aussi bien que l'art d'asservir ou de compromettre les dirigeants de la société et les joueurs maladifs. Ainsi put-il consolider son influence auprès des gouvernants.

Une fois par année au moins, il faisait sa visite *ad limina* au parrain des États-Unis pour lui rendre des comptes et pour en recevoir des instructions.

On l'accueillait comme un petit caïd provincial, avec le respect dû à son rang.

On mettait à sa disposition une luxueuse voiture, avec chauffeur personnel. On lui réservait une suite dans le sélect hôtel *Les Mille et une Nuits*. On lui faisait servir des repas gargantuesques, arrosés de vrai champagne, d'ailleurs illégal comme sa *bagosse*... On lui assurait une escorte d'aguichantes interprètes franco-italiennes qui pouvaient jouer double jeu, si l'on peut dire.

L'avocat du monde interlope prétextait de la réception du visiteur québécois pour réunir le comité des affaires extérieures de l'Organisation.

Avec enthousiasme et une clarté toute cartésienne, Bardouche y exposait la situation privilégiée du Québec et les perspectives d'avenir de la mafia.

Il se vantait de son contrôle sur les affaires publiques et même sur les affaires tout court de son pays. Dans le financement des élections et la corruption, il pouvait compter sur la complicité de certaines grandes sociétés, grosses industries et banques qui étaient prêtes à tout pour obtenir faveurs, contrats, privilèges, dispenses d'impôts et lois spéciales. Puis, au bout de la ligne de production politique, il y avait la justice, son émanation, naturellement complaisante.

Les potentats locaux, la patte bien graissée, se montraient fort accommodants aussi et des protecteurs sûrs pour les commerces malhonnêtes.

L'élite fermait les yeux sur les abus du système à condition que soit maintenu l'*ordre établi*, dont elle profitait à l'occasion.

Les alambics souterrains, les bouges à ciel ouvert proliféraient et prospéraient à vue d'œil. En toute sécurité, fraude et contrebande pouvaient se développer.

Le roublard donnait des chiffres. Il parlait de redevances.

Pour la forme, de temps en temps, à la suite des dénonciations des bonnes gens, la police arrangeait des petites descentes inoffensives dans ses maisons de désordre, dont elle prévenait les amis d'avance.

On sauvait ainsi la face du monde hypocrite et bien-pensant qui, avec le maître beauceron, partageait la mainmise sur une presse servile.

Malgré leur habitude des entourloupettes des corrupteurs professionnels, les hôtes new-yorkais se montraient ravis autant que stupéfaits de la réussite de leur délégué québécois. Cependant, ils firent quelques réserves.

« Nous trouvons, dirent-ils, que vos politiciens sont voraces. Ils en demandent trop. Ils menacent l'équilibre de notre réseau. Les pots-de-vin et les contributions électorales prennent des proportions effarantes. Prenez l'exemple de votre ministre Tubord : il a demandé l'équivalent du salaire annuel du premier ministre pour octroyer un contrat de route à l'un de nos amis. Ce n'est pas à ces pantins à fixer nos prix. C'est à nous, et vous devez imposer nos conditions raisonnables.

— J'en tiendrai compte », conclut Bardouche, humblement soumis.

Sur cette parole de respect, Me Crook leva la séance. Il posa une main amicale sur l'épaule de son interlocuteur et il l'accompagna jusqu'à sa voiture. Ils échangèrent des poignées de main chaleureuses et des au revoir répétés.

Notre voyageur reprit alors sa route vers la frontière. Là l'y attendait la police pour l'accompagner comme un ambassadeur et non pas pour lui chercher noise. Les douaniers se contentèrent de lui faire un gentil salut. Bardouche donna à chacun quelques bouteilles et des carrés de sucre d'érable pour leur exprimer sa reconnaissance.

***

Quoique sujet de la haute considération policière, par ingratitude et cynisme, le sieur Bardouche aimait se moquer des flics, ses *amis*. Comme beaucoup de citoyens aimeraient sans doute le faire s'ils le pouvaient.

Histoire de s'amuser un peu et de neutraliser en permanence un scribouillard gênant à l'occasion, un jour, il imagina de convaincre le directeur du journal *Le Flambeau*, enragé de moto autant que de football, d'écrire une série d'articles sur le racket des contraventions, les motards véreux et les touristes.

Il lui expliqua que la meilleure façon de connaître cette sorte d'escrocs ou d'innocents et de leur mettre la main au collet, c'était de prendre leur place. Il pourrait les dénoncer sans être taxé d'ignorance et de partialité.

Après maintes palabres entre les deux grands hommes, Vanbir se déclara convaincu et prêt à se déguiser en gendarme. Il endossa l'uniforme que son diabolique mentor avait pris soin de lui apporter.

Un beau matin d'automne ensoleillé, tout fier de repartir en croisade, il enfourcha une magnifique motocyclette aux plaques aussi propres que fictives, que seuls les flics et Bardouche pouvaient se procurer.

Tout vrombissant de bonheur, au rythme de sa machine, il s'élança sur la route des Américains. Sous l'insigne de la police, dans sa poche de veste de cuir, il réchauffait sa panoplie : un carnet de procès-verbaux tout neuf, sa plume de journaliste, son porte-monnaie et son revolver.

Il se dissimula dans une clairière rougeoyante de feuillus qui séchaient. Des oiseaux de bien mauvaise humeur piaillaient, sans doute mécontents de cette bizarre présence. Des écureuils nerveux sautaient et criaient dans l'espoir de le chasser de leur territoire. En vain, évidemment.

Don Quichotte, haletant comme un chien prêt à sauter sur sa proie, faisait le guet. Il ne pensait à rien d'autre.

Tout à coup, il vit surgir à grande vitesse une première grosse voiture noire, peuplée de chemises fleuries et de canotiers couleur de blés mûrs.

Il frétilla d'ardeur policière. Il s'impatienta. Il attendit à peine quelques secondes. En trombe, avec un bruit d'enfer, il démarra, sus aux Américains. Il s'en approcha. Il les contourna avec autorité et mépris. Il les força à s'immobiliser sur l'accotement.

Nerveux, mais poli, le conducteur ouvrit sa portière avec empressement. Il perdit son cigare, mais il sauva sa gomme de justesse.

«Salut! dit-il à sa façon trop familière et avec un large et faux sourire. Me suis-je trompé de route?

— Ne cherchez pas à finasser avec moi, monsieur, répondit le représentant de l'ordre et de la loi. Vous devez savoir que la voie publique n'est pas une piste de course.

— Monsieur, je suis très pressé. J'ai un *meeting* à la frontière, dans une heure. Et puis, je ne suis pas seul, ajouta-t-il en se tournant du côté de sa jolie passagère.

— La loi, c'est la loi. Vos papiers?»

Au lieu de ses *papiers*, le touriste glissa un billet de vingt dollars dans la main hospitalière du gendarme, qui se contenta de dire:

«Je ferme les yeux cette fois-ci, mais ne recommencez pas.»

Un instant notre croisé avait hésité. Mais vingt dollars, c'était le salaire d'une semaine au journal, gagné en quelques minutes et en s'amusant.

Puis, il se plut à faire des calculs. Il pourrait s'enrichir en bien peu de temps. Personne ne souffrirait de son commerce, à part ces vulgaires étrangers qui disparaissaient ensuite dans les États du sud...

Comme Bardouche, il pourrait jouer au grand seigneur, fréquenter le beau monde politique, faire une belle vie en somme. Il y avait bien droit, à son âge, avec son talent...

Plusieurs jours il se sentit tourmenté par ce qu'il croyait être le démon. En même temps, il s'habituait à son rêve criminel. Il se trouvait toutes sortes de bonnes raisons: après tout, la plupart des honnêtes gens qu'il connaissait vivaient davantage de rapines que de scrupules et de prières.

Peu à peu, il sortait de son angoisse morale. Pour ainsi dire, un peu trop facilement à son goût.

En toute sécurité, il passa ses semaines de vacances à écumer la route. Il se passionnait pour sa piraterie fructueuse. Il se revalorisait sous le signe de piastre. Il se voyait sur le chemin de la fortune. Désormais, il résolut d'agir et de réagir dans la vie à son seul profit. Comme les vrais policiers et les journalistes mal payés.

LE GOÛT DU BONHEUR

Il se découvrit l'âme d'un escroc. Il regrettait seulement de ne pas avoir reconnu et exploité son génie plus tôt. Il avait déjà perdu trop de temps et d'argent à défendre des idées pour la gloire, pour l'amour de Dieu et pour les bonnes œuvres.

Dorénavant, il entendait mettre les bouchées doubles. Il doublerait aussi ses amendes.

Son activité étrange souleva des critiques outre-frontière. Les délinquants assaillaient les consuls et les sénateurs de plaintes nombreuses. Ils écrivaient aux ministres du Québec. La presse leur fit écho. Les diplomates s'énervèrent : ce qui est rare.

Le gouvernement finit par alerter la police. On enquêta. On vérifia.

Par un autre beau matin ensoleillé d'automne, une splendide Ford blanche, encore débordante de touristes fleuris, chapeaux de paille sur le front et cigares au bec, filait à vive allure sur la route piégée.

Une moto furieuse sortit de la clairière, à quelques kilomètres des douanes. Elle rejoignit les imprudents. Elle les cerna. Et, brusquement, elle les contraignit à s'immobiliser.

L'arme au poing, rouge de colère, le fameux gendarme en descendit.

« Pour qui vous prenez-vous ? lança-t-il. Le président des États-Unis ? Vous croyez-vous au-dessus des lois ? »

Mielleux, le conducteur se confondait en excuses. Des affaires urgentes à régler. Il était sénateur et, effectivement, on l'attendait à la Maison-Blanche.

« Vous savez, chez nous, les sénateurs ne sont que des parasites dont tout le monde se moque.

— Aux États-Unis, si je peux me permettre de le préciser, monsieur le gendarme, ils travaillent. Ce sont des élus et des législateurs. Ne pourrait-on pas régler cette affaire à l'amiable, entre gentilshommes ? Je connais le tarif. »

Ce disant, il remit deux billets de vingt dollars au flic qui déclara :

« Pour cette fois-ci, je ferme les yeux. Mais ne recommencez plus.

— Nous n'en aurons point l'occasion. Vous non plus, Vanbir. »

Et l'interlocuteur devenu autoritaire montra son insigne de véritable gendarme et mit les menottes à son faux collègue.

Piteux, le profiteur leva les mains au ciel.

« Je suis en mission commandée, protesta-t-il.

— Tu raconteras cette histoire au juge. »

Les codétenus de la prison accueillirent avec des sarcasmes le scrupuleux journaliste qui, la veille encore, pourfendait les fraudeurs et les bandits de tout acabit.

Le lendemain, n'ayant point le choix, il comparut au tribunal et plaida coupable. Il essaya de se cacher le visage. Les menottes le gênaient.

Le magistrat, ami de Bardouche, servit une joyeuse remontrance au tartuffe du *Flambeau*. En termes durs, il lui rappela son casier judiciaire et il lui reprocha sa conduite. Il le condamna à cinq ans de prison ferme.

Dans sa cellule, le scrupuleux journaliste méditait sur son échec et sur le succès incompréhensible du *chef des papes* qui l'avait embarqué dans cette galère perdue. Il se jura de réussir aussi bien que lui, un jour.

Dans sa barbe et dans son luxueux salon, Bardouche riait à gorge déployée. Il racontait à ses collègues du monde interlope comment il s'était débarrassé du fameux gratte-papier qui, on ne savait quand, pouvait l'égratigner. Un tartuffe déloyal, ambitieux, avaricieux qui, autrefois, au nom de la vertu, avait promis de le déloger du *Village des Papes*.

Une nouvelle fois, Bardouche imposait sa loi. Il se payait la tête des flics et celle des pharisiens. Curieusement, il le faisait avec une certaine tristesse qui le porta alors à se remettre en cause.

CHAPITRE V

Au sommet de la puissance et de la gloire

Comme tous les êtres exceptionnels, au sommet de la puissance et de la gloire, Bardouche se sentait seul. Plus on monte dans la société, moins il y a foule. Et quand on ne peut plus monter, on songe à descendre ou bien les autres nous y contraignent. Et la descente au fond de soi, dans la réflexion, constitue une sorte de retrouvailles morales qui, parfois, peuvent s'avérer salutaires.

Plus rien ni personne ne résistait au maître incontestable des villages légitime ou parallèle de la Beauce, pour ne pas dire du pays tout entier.

Sans doute était-ce là un signe du destin ou plutôt du déclin. Le grand homme en avait-il le pressentiment ?

Il se vantait à peine d'avoir à ses pieds les grands de la politique, des affaires et des autres activités sociales : ministres, députés, maires, pédégés, hauts et bas fonctionnaires.

Le petit peuple n'avait d'yeux, d'oreilles et de votes que pour lui ou ses suppôts.

Ce manipulateur émérite avait casé ses adversaires, pour les neutraliser, comme ses amis, pour les récompenser ou s'en débarrasser : dans la magistrature, les grosses entreprises payantes de travaux publics, les sous-ministères inutiles et nuisibles, le Conseil législatif ou la prison tout simplement.

Il entretenait son monde dans la compromission, la corruption, les petites faveurs, les promesses à long terme et les menaces.

Grâce à toutes ces manœuvres, il régnait sur la vallée de la Chaudière.

Ainsi jouissait-il du respect apparent et universel de ses concitoyens. Plutôt que la confiance, il cherchait à leur inspirer une sainte crainte. Il savait fort bien, par expérience, qu'il pouvait compter en tout temps sur la déloyauté des hommes, dès sa première faiblesse ou dès son premier échec.

Mais il n'était pas heureux.

Il voulait s'accorder un peu de paix et de repos sur ses terres. De plus en plus fréquemment, il s'y retirait pour goûter les joies simples de la vie de famille et le contact quotidien avec la nature.

Cyniquement, il se plaisait à répéter qu'il avait volé tout ce qu'il possédait, sauf sa femme, ses enfants et l'héritage paternel : un joli pécule qu'il avait fait fructifier à la Banque populaire et son entreprise agricole.

Il n'avait jamais eu besoin de toucher à ce patrimoine familial, monument de travail et d'honnêteté de ses parents, symbole de leurs vertus bienfaisantes, dont il avait quelquefois le regret sans avoir le courage de changer sa conduite scandaleuse.

Il se rappelait avec nostalgie l'heureuse et honnête conduite qu'il avait eue autrefois, avant de perdre son emploi de professeur à l'université : ce que tous les Beaucerons ignoraient.

À la maison, loin des dangers de son monde, il gardait et vénérait sa femme, une sainte du nom de Cécile, toujours prête à le croire et à satisfaire ses caprices.

Elle élevait ses enfants. Elle priait pour lui. Elle cousait. Elle cuisinait. Elle assumait les travaux du ménage et une partie des travaux des champs. Elle ne lui coûtait pas cher et lui apportait beaucoup... C'est ce qu'il appréciait dans la *créature*.

À ses trois enfants, elle ajouta deux orphelins, François et Aline, ma sœur, que Bardouche considérait comme

les siens propres, à qui il imposait une rigoureuse éducation morale.

Les questions de sexe étaient taboues chez lui autant
qu'il les exploitait ailleurs. Il interdisait même les histoires
grivoises à ses amis et à ses visiteurs.

À part certaines modes et la liberté de penser, Bardouche
ne refusait rien à ses enfants. Il les gâtait : montres, bagues,
robes de satin, souliers de suède, étoles de vison, costumes
de tweed, voitures, chocolat, instruction, livres, rien n'était
trop cher ni trop beau pour eux.

Il m'avait *récupéré* comme son valet de ferme. Je n'étais
point de sa famille, simplement son *engagé*, comme on disait
alors. Aux yeux de ce tyran, je n'étais rien qu'une bête de
somme, une sorte de bâtard, un orphelin que personne
n'avait voulu adopter.

Par surcroît, un trouble-fête qui avait témoigné contre
lui. Je n'avais donc aucun droit sinon celui d'être son
esclave, de travailler sous sa férule, logé dans la grange et
mal nourri ou plutôt oublié de sa table. Il partageait mes
maigres gages avec mon père, prétendant ainsi se rem-
bourser de mon ancienne hospitalisation, pourtant payée
depuis belle lurette.

Sa somptueuse maison seigneuriale, rang Jolicœur,
attirait particulièrement l'attention. Un petit château de
pierres chaulées, au croisement de deux rivières. Ses
lucarnes avançaient sur un balcon de madriers. Les
bardeaux du toit et les persiennes, d'un noir brillant, contrastaient avec la mate blancheur des murs. Une grossière
cheminée de pierres des champs faisait pendant au paraton-
nerre du pignon. L'hiver, la maison se confondait quasiment
avec les congères qui l'entouraient.

Pendant les belles saisons, elle se dressait au milieu d'un
jardin de fleurs multicolores, splendides et suspectes : roses,
dahlias, violettes, pavots, pivoines et marguerites dont on
arrachait une à une les pétales pour compter ses chances
dans la vie.

Ceux qui avaient le privilège d'y entrer devaient se
déchausser et enfiler les sandales mises à leur disposition.

Ils s'engageaient alors sur la patinoire des linoléums bien cirés ou sur les peaux blanches de mouton. Seul le maître de céans, au-dessus de toutes les lois, pouvait garder ses bottes sales : sans protester, sa femme le suivait avec un chiffon pour essuyer ses salissures.

À quelques mètres de ce monument de propreté, la porcherie dégageait des odeurs nauséabondes. Les porcs s'y vautraient dans la boue et le purin.

La tuerie automnale du cochon tournait à la fête qui réunissait amis et voisins. On s'amusait à courir après la pauvre bête. On l'attrapait par les oreilles. On l'immobilisait en se mettant à trois ou quatre dessus et en lui tenant les pattes.

Alors le boucher lui plantait un grand couteau dans la gorge, d'où le sang giclait. Une femme le recueillait dans un pot et allait le déverser dans une marmite. On éventrait l'animal. On en sortait et vidait les tripes avant de les remplir de sang tout frais et d'en faire du boudin.

Autour de la victime qui avait cessé de se débattre et de crier, on dansait, on buvait et on chantait. La célébration se poursuivait avec les ragoûts, les *tourtières* et la tête fromagère qui feraient aussi les délices de la famille à Noël.

Les vaches, les veaux, les poules, les bœufs et les chevaux vivaient en parfaite harmonie dans l'étable comme dans les champs alentour. Ils y poursuivaient un dialogue de beuglements, de piaillements et de hennissements à l'heure où la discorde et le désordre s'installaient chez leurs maîtres hargneux.

Plus sentimental avec les bêtes qu'avec les hommes, Bardouche s'y attachait et les traitait presque humainement. Il donnait à ses vaches des noms de femmes et de fleurs : Violette, Rose, Françoise, Angéline et Claude.

Il laissait sa belle vieille chatte blanche ronronner dans son propre fauteuil. Il n'osait la déranger pour s'asseoir. Il faut dire qu'elle lui rendait de fiers services : elle gardait à respectueuse distance de la maison les souris et les mulots.

Son préféré restait un colley majestueux comme un lion et fin comme un renard. Il s'appelait Miro, en l'honneur du peintre dont il avait admiré une reproduction des tableaux dans le cabinet de son collègue Vilmur, maire du village *légitime* de Sartigan.

Dans ce monde bucolique et tendre, je n'occupais aucune place. Je n'étais le fils de personne. Je ne faisais même pas partie des meubles, ni de la ménagerie choyée, ni des chouchous de chien et de chats qui avaient le droit de dormir et de manger dans la maison.

J'évoluais, si l'on peut dire, avec les bêtes dans les granges, dans les enclos et dans les prairies.

Je ne pouvais approcher le maître ni son manoir.

Un jour, osais-je espérer, il descendra de sa montagne jusqu'à moi. Je le regarderai dans les yeux, d'homme à homme. Il aura un peu de considération pour moi. Comme tous les gens extraordinaires, il changera peut-être et me fera une heureuse surprise. J'en rêvais.

***

Oui! j'imaginais n'importe quel changement ou de mon exploiteur ou de ma situation intenable.

J'enviais le chien qui, avec son maître, partageait la vie de famille et de château.

Moi, en ermite involontaire, au service du seigneur Bardouche, je devais essayer de dormir dans la grange, le ventre creux, dans la peur et la maladie. L'hiver ajoutait le froid à la misère de ma situation: je m'enveloppais de vieux journaux sous mes haillons pour m'en protéger un peu.

Le vent, la neige, le froid, la pluie traversaient mon toit et mes murs ajourés. Rats, souris et autres vermines s'adonnaient à des courses bruyantes sur le plancher, mais tout ce que je voyais, c'était des petits yeux brillants qui se déplaçaient comme l'éclair dans la nuit.

Sous le plafond, percé de myriades de trous, hirondelles, moineaux et chauves-souris se disputaient poutres et nids pendant les belles saisons.

Le printemps, des familles de ratons laveurs venaient élire domicile tout près, sous la moissonneuse, ajoutant au décor lugubre des odeurs irrespirables.

Toutes sortes de rongeurs emménageaient dans les boîtes de blé et d'avoine. Ils se glissaient sous le foin et sous la paille, tout près de moi. Quelques réactions agressives, et puis il fallait bien se résigner à vivre ensemble.

Les jours de tempête, assez fréquents l'automne, le tonnerre ébranlait mon réduit. Des serpents lumineux et monstrueux l'envahissaient et me figeaient d'effroi.

J'imaginais le bonheur dans la belle maison voisine. La chaleur. La propreté. La paix. La table bien garnie. Les lits moelleux. Les chaises. Les livres. À l'abri des moustiques et des bêtes indésirables. Quelle merveille !

Je n'avais jamais mis les pieds dans la maison, mais j'avais la folle envie de m'y risquer un jour, en l'absence des maîtres.

Bardouche ne pensait qu'à m'exploiter. Il ne se posait pas de questions sur mes moyens de subsister, sur mon besoin de manger et de me vêtir ou de dormir au chaud. Je faisais partie de la vermine abandonnée dans la *tasserie*, le deuxième étage de la grange où s'entassait le foin. À moi de me débrouiller pour manger, boire, me réchauffer ou me reposer. Évidemment, l'instruction, la tendresse et mes autres besoins entraient encore moins dans le champ des préoccupations de mon seigneur.

Un soir d'automne où le froid particulièrement rigoureux et le vent me faisaient frissonner et tousser sans arrêt, où la peur me terrifiait, j'entendis tout à coup démarrer l'automobile de Bardouche, l'un des rares citoyens à en posséder une. Par un trou du mur, je l'aperçus qui disparaissait dans la poussière de la route.

J'en conclus qu'il emmenait sa famille chez les voisins Rodrigue pour s'amuser, pour y jouer aux cartes toute la soirée, comme il le faisait à l'occasion.

Je ne pus résister à la tentation de visiter, en son absence, les lieux interdits. Je pouvais peut-être goûter la vie dans une vraie maison quelques heures, y dormir. Quitte à m'éclipser avant leur retour.

Miro aboya gentiment derrière la porte que j'ouvris. Il se montra tout heureux de ma visite. Je lui fis quelques caresses.

Ainsi j'étais engagé sur la voie du crime. Je violais le domicile de mon maître. J'osais entrer chez les hommes. Pour une fois.

Je fis nerveusement le tour du propriétaire. J'en fus ravi.

Je m'accroupis sous le comptoir de la cuisine et je pris deux biscuits dans une grosse boîte. Je les mangeai goulûment.

Pour digérer, je m'étirai dans le sofa du salon. J'ai eu l'impression d'y roupiller quelques secondes, les mains derrière la tête, en rêvassant. Un luxueux tapis de Perse couvrait le parquet.

Je découvris avec étonnement que le démolisseur de la culture, qui disait mépriser les livres, avait aménagé chez lui une immense bibliothèque. Des étagères, aux quatre murs de la pièce, débordaient de livres de toutes sortes. Les dictionnaires, la Bible, l'histoire, les romans, les poèmes, et que sais-je encore, y voisinaient.

J'y pus voir, sans y toucher, la collection des œuvres d'Ernest Renan : *L'Avenir de la science*, *Histoire des langues sémitiques*, *Histoire de la langue grecque dans l'Occident de l'Europe depuis la fin du Ve siècle jusqu'à celle du XVIe*, *Essai sur l'origine du langage*, *Averroès*, *Histoire critique des origines du christianisme* dont la *Vie de Jésus* constituait le premier volet, et quelques autres ouvrages.

Je me rappelais, avec étonnement, que Bardouche avait toujours hypocritement montré du mépris pour le monde livresque et qu'il décriait les mécréants comme un certain Ernest Renan dont j'ignorais la célébrité.

Sur un bureau, à côté des plumes et des bouteilles d'encre, s'étalaient des piles de papier, des cahiers et encore des livres.

Je fis un saut dans la chambre des maîtres. Je m'arrêtai pour jouir de la descente de lit en moelleuse peau de mouton. Un rideau coquille d'œuf voilait la fenêtre.

Solide sur ses colonnes torses, un majestueux lit à baldaquin se dressait au milieu de la pièce. Un édredon carrelé et multicolore en cachait le matelas, les oreillers et le vase de nuit.

Un bahut de noyer, sculpté de diablotins nus et de dieux grecs, une commode ornée de palmettes, d'inspiration Louis XVI, surmontée d'un miroir, lui-même dominé par un grand crucifix de bois accroché au mur, une petite table de chevet, à pieds tournés, où reposaient un bassin avec un pot à eau, une serviette de toile et un savon Palmolive, complétaient le décor de ce sanctuaire.

Je n'osai défaire le beau lit à colonnes. Quel mal j'aurais eu à le remettre en ordre! J'optai donc pour le sommeil dans la garde-robe, parmi les pantoufles et les souliers qui, tout de même, sentaient moins mauvais que la vermine et le crottin de ma grange. D'ailleurs les effluves de la naphtaline en brouillaient les odeurs.

Pour moi, c'était l'émerveillement et le confort paradisiaques.

Je m'allongeai donc sur cette couche secrète et chaude, avec l'intention de déguerpir dès que j'entendrais le vrombissement de la voiture de mon seigneur. Miro ronflait à deux pas de moi. J'étais si heureux que, sur-le-champ, je m'endormis d'un sommeil profond.

Je rêvais aux livres et à l'instruction qui, je l'espérais, me sortiraient un jour de ce monde brutal, violent, malhonnête, et de ma misère. Je pourrais étudier, comprendre, connaître un peu de paix et de bonheur. J'aurais, moi aussi, une riche bibliothèque.

Je ne parvenais pas à m'expliquer la fourberie et la dureté de Bardouche.

Je rebrassais mes rêves éternels. J'avais retrouvé des parents. J'avais fréquenté l'école. Je connaissais la liberté, la tendresse et les livres. J'accédais au collège. Je m'instruisais enfin. Dans ma tête d'enfant, je comprenais déjà un mot rarement en usage: dignité. Je n'étais plus traité comme un chien battu ni humilié comme un serf. Ma mère était là qui me parlait, qui riait, qui priait, et qui, le soir, bordait mon lit. J'aimais mon prochain et mon prochain m'aimait, comme on le prêchait à l'église.

Hélas! une main froide vint brusquement interrompre mes cogitations insensées. Elle me saisit la jambe droite pour aussitôt la lâcher. Son cri de mort me fit sursauter:

« Mon Dieu Seigneur ! Un cadavre ! Ésiof ! Viens vite ! »

Je tentai d'écarter en vitesse robes et bottines pour m'en sortir. À demi éveillé, je tâtonnais.

Ivre d'alcool et de rage, Bardouche se précipita comme un fauve sur moi. Il me saisit brusquement par un bras et me lança sur le plancher de la chambre. Il se mit à me frapper des mains et des pieds en criant :

« Chien sale ! Bâtard de vache ! Vaurien ! Isabelle n'aurait jamais dû te mettre au monde ! »

Je parvins à me relever une première fois. Il m'attrapa de nouveau et me rejeta sur le parquet. Il me donna des coups de pied au visage, dans le ventre, sur les mollets. Je me tordais de douleur mais sans me plaindre.

Miro grognait, impuissant, apeuré.

Madame pleurait doucement.

À bout de souffle, l'ivrogne ne pouvait plus que vitupérer. J'en profitai pour me relever et, plié en deux, fuir vers la porte et vers ma grange.

Ç'avait été la première fois que je me reposais dans la maison et, sans doute, la dernière.

De loin j'entendais la voix de Miro qui allait continuer de vivre sa vie de château. Moi qui, un instant, avais connu sa vie de chien, je continuais d'en rêver encore dans mon réduit insalubre et triste.

***

Le lendemain, le tyran avait oublié ses scrupules éphémères et sa brutale sortie. Il avait repris sa forme et la poursuite d'une affaire en or, c'est bien le cas de le dire.

De haut et de loin, de sa campagne et de son arrogance, tout en laissant, parfois, libre cours à ses goûts pastoraux ou à son envahissante nostalgie des vertus ancestrales, Bardouche n'en dirigeait pas moins ses entreprises douteuses. Il avait du mal à y renoncer. Il aimait dominer le monde qu'il considérait comme veule et servile. Il avait presque l'impression de rendre ainsi service aux pauvres hommes. Il le faisait de plus en plus avec un certain détachement, une désinvolture galopante.

Il pensait à l'héritage de son père, honnête travailleur, et au dévouement angélique de sa mère. Il les revoyait s'aimer, élever leurs enfants avec tendresse et fermeté, cultiver les légumes et le blé, planter des fleurs pour leur seule beauté, chanter le folklore et les cantiques. Il se rappelait leur sérénité, leur patience, leur piété et leur bonté séduisantes.

Il abandonnait de plus en plus la gestion de ses entreprises à DuPaul et à Dulac. Comme s'il avait voulu leur échec aux mains d'un déprimé et d'un ivrogne.

Il ne donnait plus ses ordres que dans l'indifférence, sans se soucier de leur exécution.

Était-il devenu un *parrain* à la demi-retraite ? Il se sentait profondément écœuré de son milieu interlope, autant qu'il avait d'abord été déçu par la confrérie des tartuffes, des honnêtes gens déloyaux et lâches.

Il avait peur d'en être là par dépression. Il se ressaisissait. Il revenait vite, avec agressivité, à ses instincts malfaisants. Il se lançait dans de nouvelles aventures.

Ainsi découvrit-il de nouveaux filons entre les couches de ses terres personnelles et dans l'incommensurable avidité de ses concitoyens.

En 1846, par un beau dimanche, une jeune fille allait chercher le cheval au champ. En traversant un cours d'eau guéable, elle aperçut une pépite brillante de la grosseur d'un œuf de pigeon, qu'elle rapporta à son père.

L'exploitation de la mine d'or, faute d'argent, fut bientôt abandonnée par les découvreurs.

Bardouche entendit parler de cette histoire. Il se fit céder tous les droits et la propriété à vil prix. Il forma une société minière qui éveilla l'intérêt des prospecteurs, des rentiers et des aventuriers de tout acabit, Québécois ou Américains. On accourait de partout vers l'eldorado beauceron.

Les agriculteurs vendaient animaux, maisons et fermes. Les charpentiers abandonnaient égoïnes, marteaux et chantiers. Les cantonniers refusaient d'entretenir les chemins.

Les éboueurs fuyaient avec leurs poubelles, dans l'espoir de les gorger d'or. On se ruait vers la Petite Rivière, source de la fortune facile.

Bardouche vendit des terrains aurifères à tous les rêveurs imprudents. Il en profita pour multiplier la clientèle de ses bouges, de ses tavernes et de ses maisons de jeu.

Les pasteurs priaient afin de ramener leurs ouailles à la raison et à l'église paroissiale. Ils racontaient l'histoire du veau d'or de la Bible et mettaient les paroissiens attentistes en garde contre les folles aventures qui pourraient bien se changer en catastrophes. Personne ne prêtait attention à ces décourageantes paroles. Seules quelques vieilles femmes continuaient de réciter des chapelets, de travailler à la maison ou aux champs.

Les nouveaux prospecteurs, qui avaient abandonné leurs biens et Dieu par surcroît, piochaient fébrilement les sables des rives de la petite tributaire de la Chaudière. Ils creusaient sept jours par semaine, donc le jour du Seigneur aussi. Ils cassaient les pierres à coups de masse. Ils avaient souvent la tentation de fracasser la tête des concurrents qui les suivaient de trop près. Ils transpiraient. À tout instant, ils croyaient faire une découverte fabuleuse.

Du matin au soir, ils lavaient sable et minerai.

Jour après jour, semaine après semaine, rien de luisant n'apparaissait jamais sur les rives ou dans la rivière mystérieuses. Après des mois de labeur pénible et de sacrifices, les prospecteurs n'avaient récupéré que quelques poussières de quartz.

À la fin, il leur fallut bien déchanter. D'or en ces lieux maudits, pas la moindre parcelle ne brillait.

De l'amertume, on passa aux soupçons. Quelqu'un trichait certainement... Qui ? Les voisins ? Les autres ? Tout le monde.

On se volait des outils. On se bagarrait à propos de tout et de rien. On avait le goût de s'entre-tuer.

De guerre lasse, bredouilles comme pêcheurs en mauvaise saison, tout piteux, les aventuriers revinrent dans leurs villages et à leurs maisons, comme des chiens battus.

Sur leurs anciennes terres, ils durent se mettre au service de ce terrible Bardouche, qui les avait acquises à la faveur de la folie de l'or.

***

Les rares paysans restés fidèles à leurs terres et méfiants des fortunes faciles se félicitaient de leur prudence. Ils se disaient heureux de n'être point tombés dans les pièges de Bardouche.

Ne perdaient-ils rien pour attendre?

À leur tour, ils cherchèrent à se servir de l'influence du grand homme sur le gouvernement.

À l'occasion du délire minier, le ministre de la Voirie lança le projet d'aménager de nouvelles routes. Précisément, il annonça l'élargissement et le redressement de la route des Américains.

Les agriculteurs flairèrent l'odeur de l'argent, pourtant réputé ne point sentir... Ils avaient entendu raconter que des expropriations et des petites combines politiques rapportaient plus que les mines d'or. Ils en rêvaient.

Justement, ils pouvaient voir un arpenteur-géomètre officiel en train de tourner son théodolite en tous sens et de planter des piquets ici et là. Il avait l'air d'indiquer à Pictou, le *ministre des Finances* de Bardouche, le tracé prévu.

Un brave fermier, poli et souriant, s'approcha du puissant personnage au moment où le mesureur s'en éloignait. Il bafouilla une phrase banale comme entrée en matière:

«Il fait beau aujourd'hui, hein?

— Je le sais aussi bien que toi, répondit brusquement son interlocuteur. Va droit au but. Mets tes cartes sur table. As-tu une faveur à me demander? Attends-toi à en payer le prix. Personne ne fait rien pour rien.

— Eh bien! Je pensais que vous pourriez peut-être ranger un peu la ligne du côté de ma grange. Elle est bien vieille. Je pourrais ensuite en construire une meilleure plus loin? Et puis, j'ai voté pour le candidat du *patron* à la dernière élection. J'ai bien droit à une petite récompense.

— Tout de même, il faudrait aussi payer les intermédiaires...

— Je suis prêt à y mettre le prix, comme vous dites.

— Alors, faites une avance de deux cents dollars. Sans papier ni reçu. On verra après.»

Nerveux, à petits pas, le paysan revint à sa maison. Il s'engouffra dans sa chambre en laissant la porte entrouverte. Il souleva une paillasse. D'un bas de laine gris et gonflé, il tira dix beaux billets de vingt dollars qu'il compta et recompta sur le lit.

Presque en courant, comme pour ne pas trop y penser, il alla porter son trésor à son complice qui, le regardant à peine, prit le paquet, le mit dans sa poche et oublia de le remercier.

Pictou s'éloigna. Il courut à ses bâtons, à ses bornes et à son arpenteur.

Il déplaça le théodolite. Il scruta l'horizon, déplanta et replanta deux ou trois piquets. Sur la grange, à la craie, il inscrivit la bienfaisante déviation.

Il répéta l'opération auprès d'une dizaine de cultivateurs, en revoyant les pots-de-vin à la hausse.

Des mois durant, les pauvres expropriés attendirent que la manne des indemnités d'expropriation tombe du ciel gouvernemental. En vain. Et ils n'osaient ni ne pouvaient se plaindre, étant donné leur complicité frauduleuse.

Ils enviaient les chercheurs d'or qui, au moins, avaient tiré quelque plaisir de la perte de leur argent.

Par ironie, le nouveau tracé apparut sinueux et dangereux. La nouvelle route avait fait disparaître certaines maisons et les granges de quelques rares parieurs plus chanceux et se faufilait curieusement entre les autres.

Pictou vint déposer des sacs d'argent au pied de son maître, qui ne voulut même pas en faire le compte.

«Prends tout ce que tu veux. Tu sais bien que je n'en ai pas besoin. J'en ai tellement que je ne sais quoi en faire. Je n'ai plus personne à acheter. Mon seul plaisir, c'est d'en priver les envieux et les avares qui veulent mon argent et ma place. Sois gentil. Rembourse maintenant les chasseurs d'or afin qu'ils puissent me racheter leurs terres. Fais un petit cadeau au curé, pour réparer mes bêtises. Comme ça, tout le monde sera heureux et moi aussi. »

Écœuré, Bardouche se promit encore une fois d'en finir avec les gens et les choses malhonnêtes. Mais il y avait toujours des honnêtes gens pour le détourner de ses bonnes résolutions et le ramener au désordre.

***

Et les flics honnêtes l'avaient toujours à l'œil.

Ils avaient cru sentir, au cours de leurs enquêtes, des odeurs étranges du côté de certaines de ses terres. Ils décidèrent d'aller y voir de plus près. Mais, grâce à son réseau de favorisés, le roi de la Beauce avait été prévenu de la visite policière.

Par une nuit humide et chaude, les enquêteurs s'age-nouillèrent au bord d'un ruisseau malodorant qui charriait le purin de l'étable et de la porcherie. Consciencieusement penchés sur l'onde mystérieuse, ils cherchaient, parmi le crottin flottant, les pièces à saveur illégale. Malgré leur flair reconnu, ils ne parvinrent pas à reconnaître les objets et les parfums criminels et probants.

D'instinct curieux et soupçonneux, ils voulurent remonter à la source principale du délit : la porcherie où, avec ama-bilité, Bardouche les conduisit.

Une immense étendue de fange et d'excréments séparait les valeureux policiers de leur objectif rêvé : un couvercle de béton qui, au centre de cet étang infect, dissimulait sans doute un réservoir ou un laboratoire illicite d'alcool frelaté. Alentour, les truies se vautraient et grognaient d'un air menaçant.

Les visiteurs se pinçaient le nez.

Ils se posaient la question cruciale : « Irons-nous ou n'irons-nous pas pêcher nos éléments de preuve légale ? »

Ils y réfléchirent quelques instants. Ils s'efforçaient de prendre leur courage à deux mains avant de plonger dans cette mare immonde de secrets maudits. Ils hésitaient. Ils firent marche arrière. Puis ils baissèrent pavillon devant l'habile stratège qui avait si bien entouré leur opération.

Pour finir en beauté ou, plutôt, se donner une contenance, ils remercièrent leur hôte de sa précieuse collaboration à l'enquête et ils prirent congé de lui.

Le propriétaire déménagea son troupeau, nettoya les lieux et dégagea son alambic, qui reprit sa production en toute sécurité. Il s'en voulait presque d'avoir si facilement raison contre les honnêtes gens.

***

Bardouche, mêlé à tant d'affaires, aurait dû n'avoir plus de place dans sa vie pour ma petite personne et, à certains moments, pour la réflexion.

Comblé de gloire et de richesses, tiraillé entre la griserie du succès et les remords lancinants, affamé de rêves vertueux en se rappelant la probité et la joie de vivre de ses parents, au souvenir du temps où il gagnait honnêtement son pain, de plus en plus fréquemment il songeait de nouveau à une vie simple et pure. Mais il ne parvenait pas à s'y décider.

Il restait attaché à la fois à l'Église et à ses affaires pas très catholiques. Curieusement, il ne manquait jamais la messe ni les vêpres du dimanche, la confession mensuelle, l'adoration du saint sacrement le premier vendredi du mois. Et il tenait à faire ses aumônes aux pauvres et aux religieux.

À la campagne, sur la ferme où il vivait, parfois il projetait l'image d'un bourgeois rangé, honnête et paisible. On n'aurait pas soupçonné sa double vie.

Je restais pourtant son souffre-douleur. Une quantité négligeable et utile à la fois. Une bête de somme. Un qui rapportait et ne coûtait presque rien. Il avait l'air de m'ignorer dans la mesure où il n'avait pas besoin de m'exploiter. Quelquefois, il se moquait de mon langage châtié, que j'avais appris chez les sœurs de l'orphelinat ou dans les cours clandestins de Mlle Saint-Cyr.

Sans me plaindre ni désespérer, du matin au soir, je trimais dur pour lui rendre service.

De mai à novembre, de l'aube jusqu'au crépuscule, je travaillais comme un adulte et même davantage.

Matin et soir, j'allais chercher les quarante vaches à l'orée des bois, loin, de l'autre côté de la rivière Le Bras qui se jetait dans la Chaudière et que je traversais à gué. Je les conduisais près de l'étable pour les traire, à la main.

Le matin, comme le maître dormait et qu'il oubliait de m'offrir le petit déjeuner, j'en profitais pour voler un peu de lait et le boire dans un couvercle de bidon.

Entre les deux traites, je m'occupais du bêchage ou du labourage, du hersage, des semences, du désherbage, de la fenaison ou des récoltes. L'hiver, je déneigeais les chemins à la pelle, je prenais soin des animaux ou bien je m'improvisais bûcheron.

Je me voyais assigner les plus pénibles besognes. Quand Bardouche et son grand fils déchargeaient la charrette de foin dans la grange, je devais monter dans la *tasserie*, c'est-à-dire au deuxième étage sans fenêtre ni aération, pour y étendre et fouler le foin. J'étais souvent à bout de force. Je vomissais. Alors, à qui mieux mieux, les deux tortionnaires criaient :

« Fillette ! Fainéant ! Pâte molle ! Sale bâtard ! Remue-toi un peu. Tu nous fais perdre du temps. »

Novembre annonçait le mois de la boucherie. Au massacre insupportable des veaux, à coups de masse en plein front, s'ajoutait le joyeux martyre des coqs.

On leur tordait le cou avant de leur couper la tête à la hache, sur une bûche. Les décapités se remettaient sur pattes. On les laissait courir quelques mètres, pour l'amusement, avant qu'ils ne s'effondrent.

Bardouche riait de bon cœur en lançant :

« Voilà bien qui prouve l'inutilité de la tête ! Et qui explique aussi que d'autres bipèdes s'en passent si allégrement dans la vie... »

Pour célébrer l'hécatombe, on mêlait le sang au vin de cerises. On se soûlait. On dansait. On alternait les histoires gauloises et les chansons d'amour, sans y penser.

Juste au début de l'hiver, on sortait les charrettes pour faire place aux morceaux de glace, découpés dans la rivière, qu'on transportait pour les entreposer dans la grange, entourés de bran de scie qui en empêchait la fonte.

Le printemps ramenait la fête des sucres et de la contrebande.

Le maître avait le culot de faire la morale à sa femme et à ses enfants. Rarement, il daignait m'adresser la parole. Un jour seulement, il me confia :

«Mon garçon, le travail, c'est la vie. Du moins, pour les faibles et les imbéciles. Il faut t'y faire. La vie n'est ni un pique-nique ni une partie de plaisir, à moins que tu n'aies les moyens de te les payer. La terre, c'est l'enfer. Tu peux toujours essayer d'y gagner le ciel, si tu en trouves le chemin. Dans ce monde d'invertébrés, même l'instruction est inutile, sinon nuisible. Je pense que, comme elle est trop rare, elle rend méprisables, ou plutôt méprisés, et malheureux ceux qui la possèdent. Les femmes? J'en ai eu autant que j'en voulais dans mon lit et à mon service. J'ai des voitures plus luxueuses que celle du premier ministre. J'ai tant d'argent que je m'accorde la distraction de le jeter par les fenêtres pour voir les honnêtes gens s'accroupir comme des chiens et le ramasser. Les lâches, les crétins, les bourgeois, les politiciens et le bon peuple me flattent et m'envient. Si je cessais d'être riche et puissant, ils se jetteraient sur moi pour m'égorger.»

Et il éclata de rire. Je ne compris pas pourquoi.

Puis il reprit son discours :

«Les gens sont idiots et poltrons. Ils méritent d'être exploités. Ils le demandent. Ils méprisent les livres. Ils se moquent des gens instruits. Ils veulent du pain, des jeux, de l'alcool, un lit et de l'argent, beaucoup d'argent même s'ils ne savent pas s'en servir. J'ai l'audace de jouir des travers de l'humanité plutôt que d'en souffrir. L'école et la vertu ne donnent pas le pouvoir hélas! Et je me demande si elles pourraient donner le bonheur...»

Il s'arrêta brusquement pour éclater d'un autre rire incompréhensible et satanique.

Mais j'étais presque content de l'entendre réfléchir tout haut, qu'il ait l'air de regretter ses tristes affaires et, d'une certaine façon, qu'il ait daigné, une fois au moins, se rendre compte de ma présence chez lui...

CHAPITRE VI

Le petit mulot

Bardouche n'adoucissait pas pour autant mon sort pénible.

J'avais passé un dur hiver à soigner les bêtes et à bûcher du bois. J'étais toujours privé de l'essentiel. Pour survivre, je devais voler du grain moulu pour les porcs et du lait. Je dormais dans ma grange et, pour éviter de geler vivant, je m'enveloppais toujours de vieux journaux sous mes haillons. Je ne tolérais plus les assauts incessants des rats et des chauves-souris. Je ne voulais plus souffrir l'exploitation des adultes.

Quand la Chaudière commença de remuer ses glaces, je me réjouis : elle annonçait le printemps. Elle se transforma alors en casse-tête glacé dont les milliers de morceaux s'éparpillaient sur les rives, obstruaient les chemins, s'avançaient dans les prés et dans les jardins.

Elle décupla son lit pour y accueillir, dans un beau désordre, animaux, granges, poulaillers, étables et maisons. Dans les embrasures ou sur le toit des bâtiments, des vaches se montraient la tête en beuglant et des coqs se juchaient pour chanter cocorico joyeusement.

Je m'étais assis au bord de la route, sur la petite plate-forme qui recevait les bidons de lait destinés à la coopérative. Je rêvassais en observant la marche rapide et dangereuse de la débâcle.

Poussée par je ne sais quel soudain remous, une banquise fonça sur moi. Ou du moins c'est ainsi que je la perçus. Sur le miroir de sa surface se dressait un monstre furieux, une miniature de cachalot.

J'exagérais. J'agrandissais mon image pour m'accorder le plaisir d'un grand spectacle.

En réalité, sur un îlot de glace, un petit rat fauve tirait désespérément pour se déprendre la queue. Debout sur ses deux pattes de derrière, il agitait celles de devant comme des bras. Il criait. Il grimaçait. De toutes ses forces, il cherchait à conquérir sa liberté.

Je restai sur place.

Dégagé enfin, le mulot fila droit son chemin, d'abord en nageant entre mes pieds qui trempaient dans l'eau, puis vers un bâtiment à la dérive où il s'engouffra.

En un certain sens, je trouvais la situation un peu triste. Comique aussi mais surtout pas ridicule.

De cet animal intrépide, je prenais une leçon de courage et d'audace, en le voyant bondir sans peur ni reproche vers la liberté.

Qu'attendais-je pour en faire autant? Je devais ne compter que sur moi-même et certainement pas sur les maîtres qui m'exploitaient.

***

Je poursuivis ma réflexion en revenant vers ma grange.

J'avais quatorze ans. Depuis sept ans, je croupissais dans mon village infernal, ici et là, sous la tutelle, directe ou indirecte, ou bien au service, du seigneur Bardouche. Je n'en pouvais plus de ne pas être capable d'assouvir ma soif de m'instruire, de savoir, de comprendre pour avoir de bonnes raisons d'aimer mon prochain, comme me le prêchaient les adultes vertueux et même quelques autres.

À la suite de mon petit mulot, il me semblait, la course printanière, universelle et folle de la nature s'engageait vers la liberté. J'enviais les fleurs et les animaux dans leur réveil libérateur.

Je me reprochais mon inertie sinon ma lâcheté.

Un autre été misérable s'ajouta au calendrier. L'automne suivit sans que rien au monde, pour moi, fût changé ni dérangé. Je rêvais. Le malheur du connu me faisait craindre le pire inconnu.

J'hésitais. L'inquiétude m'angoissait et, en même temps, la volonté de m'en sortir me tourmentait. Je connaissais si peu de choses de la vie. À part Mlle Saint-Cyr et ma tante Caroline, que j'adorais mais à qui je n'osais pas me confier et que, de toute façon, je n'avais pas souvent l'occasion de rencontrer, personne au monde ne s'intéressait à moi ou ne montrait le moindre sentiment envers ma petite personne.

Je traînais mon complexe d'orphelin qui ne savait pas choisir entre la peur et la résignation, la libération et la fatalité. Je ne parvenais pas à me joindre à l'élan général qui, pourtant, me séduisait.

En cachette, j'élaborais des plans d'évasion. Je dessinais des cartes et des sentiers sur le tapis de neige, loin de la maison de mes maîtres. Je situais le collège Botrel dont ma tante Caroline m'avait quelquefois parlé. Elle m'avait confié :

« Tu t'y plairais. Tu pourrais continuer d'y apprendre à lire et à écrire comme il faut. Tu étudierais le chant, la musique, l'histoire, l'arithmétique, la botanique, la zoologie, le latin, le grec et l'histoire sainte. Tu deviendrais aussi savant que notre curé et le notaire. Peut-être te découvrirais-tu la vocation de devenir prêtre. Malheureusement, avec ma famille de vingt-quatre enfants, et le petit qui s'y est ajouté, je n'ai pas les moyens de payer ton collège. J'espère qu'un jour tu pourras y aller, malgré tout. Je prie pour toi. Je suis certaine que la Providence va t'aider. »

Elle me mettait l'eau à la bouche. J'avais des fourmis dans les jambes et, dans l'esprit, une envie irrésistible de liberté. Je croyais à la libération et au bonheur par l'école. Depuis le jour où j'avais commencé à comprendre quelque chose, ce rêve ne m'avait point quitté.

Il me semblait que se multipliaient autour de moi les exemples de joies libératrices.

Secouant leur crinière et leur queue au soleil et dans le vent, sans crainte ni gêne, les chevaux gambadaient dans la prairie et broutaient à leur faim.

Les moutons, honteux et crottés de leur hivernement, allaient flâner et refaire leur manteau de laine blanche sur les collines.

Les corneilles, prétentieuses mais libres cantatrices, revenaient de leurs vacances dans le sud.

Les moineaux endiablés quittaient les érablières pour s'abattre en nuées grises sur le crottin des routes.

Les marmottes trônaient sur leur piédestal de terre, regardant de loin et de haut les hommes s'affairant à ne rien faire.

Une famille de ratons laveurs fuyait un caveau abandonné, sa résidence hivernale.

Les musaraignes sortaient de leurs trous et de partout, furetaient le long des clôtures de perches, les yeux plus grands que la panse.

Les ruisseaux, gonflés des neiges fondantes, dévalaient en bouillonnant vers la rivière.

Les chattes gourmandes se penchaient sur les ondes et y mangeaient des yeux les vairons emportés par le courant sans jamais réussir à mettre la patte sur un seul.

Les pissenlits forçaient leur chemin à travers le gravier, avant de partir à la conquête des jardins et du cimetière.

Malgré tous ces exemples d'émancipation, je me sentais trop craintif, rançon de la souffrance et de l'étouffement social. Je soupesais à l'infini mes chances de réussite. Je tergiversais.

Je ne comptais pas sur l'accord de Bardouche, mais si, au moins, je pouvais présumer de son indifférence... Aurait-il le souci de gaspiller de l'argent pour me retrouver et pour me ramener sur sa ferme?

Mon père se sentirait peut-être soulagé de ma disparition, même s'il partageait avec son maître l'argent que je gagnais, car il avait toujours peur de m'avoir sur les bras au moment le plus inattendu.

Je leur occasionnerais une perte de revenus pour m'adonner à l'instruction qu'ils méprisaient.

À la fin, je conclus que je ne pouvais compter que sur moi-même pour vivre dans la dignité, la liberté, le respect de mon idéal d'instruction. Pour me sentir meilleur et heureux, je devais enfin prendre une décision ferme.

Quel drôle de rêve d'enfant que de soupirer après l'école ou le collège comme après le paradis terrestre. Mais c'était ma singulière et constante ambition depuis les jours sombres de l'orphelinat.

Avec tous mes atermoiements, décembre approchait. Déjà, une neige épaisse couvrait la terre. Le froid s'était installé pour quelques mois.

Dans les circonstances, aucun adulte ne pouvait imaginer mes mauvais plans. Et la température, de toute façon, refroidirait leur ardeur à me rechercher. J'aurais le loisir de m'éloigner en toute sécurité.

Je mis un terme à mes hésitations en décidant qu'à la veille de Noël je me ferais le cadeau de la liberté.

***

Bardouche et compagnie s'apprêtaient à célébrer la Nativité. Les temps morts de l'hiver arrivaient. Les *créatures* faisaient provision de tourtières et de tartes. Les hommes passaient le plus clair de leur temps à jouer au poker, à boire, à critiquer le premier ministre, le député, le maire, le curé et tous les détenteurs de pouvoir, à part eux-mêmes.

La veille de Noël, ils ingurgitaient force verres de vin de cerise en se préparant à la messe de minuit. Rien d'autre ne les préoccupait. Surtout, ils ne pensaient pas à l'étranger que j'étais, à la quantité négligeable que je représentais à leurs yeux.

Je choisis donc cette heure bénie entre toutes pour entreprendre la première étape de mon émancipation.

J'endossai un vieux manteau de mouton, sans manches, qui traînait par terre dans la grange et dont le fils adoptif du maître s'était débarrassé. J'enfourchai son pantalon de flanelle bouffant et miteux, également aux rebuts. Je lui empruntai des vieilles bottes de caoutchouc trop grandes que je bourrai de papier, des chaussettes de laine que je dus replier, des moufles en peau de vache et une tuque de laine rouge. Je me sentais lourd, inconfortable mais au chaud.

De ma grange, j'entendais un disque infernal jouer des gigues du bon vieux temps.

Je sortis de mon château. Je me glissai, à pas de loup, jusqu'au garde-manger, annexe de la maison. J'y dérobai quelques biscuits au chocolat et une tarte surgelée.

Je rebroussai chemin en passant à travers le poulailler, puis l'étable, puis ma grange, toujours avec l'impression d'avoir été découvert et en essayant de semer mes poursuivants.

Il était onze heures du soir. Il faisait terriblement froid. Un vent à écorner les bœufs, comme disaient les Beaucerons, faisait rage dans la prairie. La neige tourbillonnait. Dans la nuit sombre, elle suscitait çà et là des fantômes monstrueux.

Je ne voyais ni ciel ni terre, je ne distinguais rien à plus de deux pas devant moi.

J'avançais à l'aveuglette. Avec une joie pénible.

Je m'enfonçais. Je tombais. Je me relevais. Je me frottais les joues, les oreilles et les mains pour m'empêcher de geler.

À l'orée de la forêt, le noroît commençait à s'apaiser ou, alors, il prenait un autre chemin.

J'entrai sous les arbres. Les épinettes me déchiraient le visage. J'en écartais les branches qui se brisaient. Les joues me brûlaient de froid et d'égratignures.

Sous sa couverture de neige, la glace des ruisseaux cédait parfois. Je me dégageais. Mais déjà mes bottes et mes chaussettes se transformaient en glaçons.

En ces lieux et en cette saison épouvantables, ni les moineaux ni même les écureuils ne montraient signe de vie, même si j'envahissais leurs repaires. Sans vouloir faire de jeux de mots, je dirais que seule la mort survivait à l'horreur des lieux.

Je désespérais d'en sortir.

J'avais des hallucinations. Je quittais ce monde. Je le retrouvais. Je me sentais perdu. Je cherchais la droite et je tournais à gauche. Je ne savais ni où ni comment me diriger. J'étais transi, fourbu, perdu.

À certains moments, j'avais envie de m'étendre sur le sol et de m'y laisser mourir.

Puis, imaginant le collège, tout près sans doute, je reprenais mon courage et la route.

J'avais beau réfléchir, croire m'orienter, je tournais en rond. Sans cesse je marchais ou, plutôt, je m'agitais. Mais je piétinais sur place. Et je revenais toujours au même point, près du même arbre.

Je ne savais plus où donner de la tête. Où mettre le pied. Je m'arrêtai.

Je plantai une branche. Je lui donnai une direction que je m'engageai à suivre dorénavant, sans déviation ni retour.

J'essayais de me concentrer.

Des pieds et des mains, je cherchais les piquets de clôture dans la neige.

Des heures et des heures durant, je marchai. Je m'immobilisais. J'avançais. Dans une parfaite inconscience.

En suivant les piquets de clôture, qui à peine dépassaient la couche épaisse de neige, à la fin, au lever du soleil, je sortis du bois. J'atteignis une route déserte, sinueuse, creusée entre les congères.

Le vent était tombé. Sur toute l'étendue de la terre visible, l'immense tapis de neige brillait de millions de perles dorées par le soleil. La nature avait retrouvé sa splendeur et son calme.

J'entendis des grelots familiers. Un paysan, seul au monde à cette heure matinale, confortablement assis sur la banquette de son traîneau, chantait pour son cheval trottinant. J'eus beaucoup de mal à l'interrompre. D'une voix presque éteinte, en m'efforçant de courir dans la neige, je criai :

«S'il vous plaît! S'il vous plaît!»

Il finit par se retourner. Il me fixa. Il hésita. Il tira sur les guides pour s'arrêter. Puis il me lança :

«Veux-tu bien me dire d'où tu sors par un temps pareil? Même un chien ne coucherait pas dehors...»

Je n'avais point la force de lui répondre. Je me contentai de répéter :

« S'il vous plaît ! S'il vous plaît ! »

Il comprit. Il n'insista plus. Il m'aida à m'allonger sur son chargement de billots. Il me prêta sa peau d'ours pour me couvrir.

En silence, nous avons traversé la campagne endormie, jusqu'au prochain village. J'aperçus alors un panneau à demi enneigé : *SAINT-ISIDORE*. Je me sentais revivre. J'arrivais au but.

Nous avons emprunté la Grande-Côte. De loin, je pouvais lire au fronton d'un gros édifice de briques rouges : *COLLÈGE BOTREL*.

En le remerciant, j'annonçai avec plaisir à mon bon samaritain que je descendais là.

En soutane noire tirant sur le vert et défraîchie, un prêtre s'avança vers nous. Il connaissait mon bienfaiteur :

« Bonjour, monsieur Roy ! dit-il.

— Je vous présente un nouvel élève », déclara mon compagnon en souriant.

Puis il fouetta sa rossinante et poursuivit sa route, sans plus.

Au lieu de parler d'abord de température, comme c'était l'habitude des gens qui n'avaient rien à dire, j'entrai philosophiquement dans le vif du sujet :

« Le hasard et les hommes font parfois bien les choses, n'est-ce pas ?

— La Providence ! Tu veux dire la Providence, jeune homme ! Celle qui nourrit les petits oiseaux et qui peut te réchauffer », répliqua le saint homme.

Je le suivis en me traînant les pieds.

Pendant que je m'allongeais sur une balle de foin, mon interlocuteur soignait ses chevaux en chantant des cantiques de Noël.

Sa besogne terminée, il vint me couvrir de sacs de jute. Il me laissa dormir.

Les joues brûlantes, rouges, je me sentais fiévreux et je frissonnais.

Les cloches de la chapelle sonnèrent à toute volée la naissance de l'Enfant Jésus, dans une étable, cette même nuit.

Je me rappelai ce que m'avaient appris les sœurs de l'orphelinat. De la crèche et du conformisme, Jésus s'était sorti. Il avait libéré les hommes de leurs mauvaises habitudes ou, du moins, il leur avait enseigné les moyens ou la façon de le faire. Il avait suscité scandale en faisant le bien.

Mes jambes dégelaient douloureusement. Elles me picotaient.

Je me sentais faible, malade mais superbement heureux.

Je rêvais à mes livres et à mes classes, maintenant à portée de la main. Je l'espérais.

Je dormais au chaud. Je n'osais y croire. Je naissais à la liberté, du moins avant que Bardouche et ses amis ne se remettent de leurs beuveries et qu'ils ne se rendent compte de ma disparition au moment où les vaches beugleraient de leur trop-plein de lait...

***

L'abbé Justin, c'était le nom du saint prêtre qui m'avait accueilli, revint à l'étable à l'heure du midi. Il m'éveilla doucement. Je me sentais mal en point et en forme tout à la fois.

Le brave homme m'apportait des sandwiches à la tête fromagère et à la moutarde, enveloppés dans du papier brun opaque, et un verre de lait.

« J'ai pensé que tu aurais faim », me dit-il avec un beau sourire.

Il me regarda manger avec appétit. Je l'aurais fait avec voracité, si j'en avais eu la force, tant j'en avais été privé. Et puis, ce n'était pas souvent que j'avais le loisir de me mettre de tels délices sous la dent.

Il observa ma pâleur et mon accoutrement mal ajusté.

Il ne put s'empêcher de me poser quelques questions :

« Quel est ton nom ? me demanda-t-il.

— Lequel voulez-vous savoir ? Le vrai ou le faux ? lui répondis-je en esquissant un sourire.

— Te cacherais-tu de quelqu'un, par hasard ?

— Vous l'avez deviné. Je viens de quitter la ferme d'un personnage tout-puissant qui m'exploitait. J'en avais assez. Je ne mangeais qu'en volant de la nourriture et, encore, jamais à ma faim. Je dormais dans la grange. Je travaillais comme un esclave, au-delà de mes forces. La seule attention qu'il me prodiguait, c'était des paroles grossières ou des jurons et des coups de bâton. Et puis, j'avais le goût de m'instruire. Je veux travailler, mais pour gagner mon pain et payer mes études. Plus tard, je pourrai vivre en paix et rendre service aux autres. C'est très simple, il me semble.

— Tu parles bien pour un enfant de la misère. Qui t'a montré ?

— Certaines sœurs et une servante de l'orphelinat ont éveillé en moi l'appétit de l'instruction et de la bonté. Mlle Saint-Cyr, l'institutrice chez qui je rentrais du bois de chauffage, m'a appris à lire et à écrire en cachette. Et j'ai profité de toutes les occasions pour étudier, lire et écrire.

— Et quel est ce faux nom que tu aimerais porter ?

— Claude Roy. Ma mère s'appelait Isabelle Roy. Claude Roy, c'est le nom du bon samaritain qui m'a recueilli sur la route : je l'ai lu sur son traîneau. Je suis sûr qu'il serait content de voir qu'ainsi je montre ma reconnaissance.

— Sois sans inquiétude, mon petit Claude, je ferai un excellent complice. Je suis l'économe du collège. J'administre aussi la ferme. Je te garde sous ma protection. Tu feras un peu de tout. Tu soigneras les animaux. Tu feras du ménage. Tu rendras tous les petits services que tu pourras entre deux cours. Tu dormiras au grand dortoir avec les autres. Je t'ai apporté des vêtements convenables afin que tu puisses te changer. Les élèves riches en laissent toujours dans leur garde-robe avant leur départ en vacances. Je ne jette rien. Comme tu vois, ça peut toujours servir. »

Fier de mon costume, stimulé par les bonnes paroles de mon hôte, je m'empressai de me rendre chez le directeur qui, j'osais l'espérer, serait aussi heureux de me recevoir. Je dus revenir vite de mes illusions.

Mesurant près de deux mètres de haut et hautain, le visage carré et dur, les yeux vert mort, un petit nez pointu au-dessus de deux grosses lèvres molles entourées de duvet, les joues roses d'un adolescent imberbe, le front étroit, les cheveux raides coupés en brosse, de longs bras terminés par deux larges mains qui lui tapotaient le bedon en signe de suffisance, sans rides ni sourire, le colosse se trouva en face de moi dès que j'ouvris la porte de son bureau.

Un véritable monument de marbre.

Plus je l'observais, plus j'en avais peur. Il n'ouvrait pas la bouche pour me faciliter l'entrée en matière. J'étais paralysé. Il ne répondit point à mon faible bonjour et aborda sans préambule la question des frais de scolarité.

Il se tourna vers l'économe pour lui demander :

« J'espère qu'il les a payés d'avance.

— J'en ai fait mon affaire, reprit l'économe. J'ai besoin de lui à la ferme. En contrepartie, il aura droit gratuitement à ses études. Comme d'autres, en plus, il lavera et entretiendra ses vêtements. Il participera à la corvée de la vaisselle et au ménage du collège. Il renonce à ses congés, aux récréations et aux vacances. C'est le prix de son idéal », conclut-il avec un certain sourire.

Le supérieur parut satisfait, mais il se contenta de nous indiquer la porte de la main droite.

Je devais subir une autre formalité : l'examen d'entrée en Éléments français, première étape des études classiques aussi connues sous le nom d'humanités. Je ne savais pas grand-chose et je ne le savais pas très bien. Depuis que je m'étais éloigné de Mlle Saint-Cyr, je n'avais guère lu, sauf quelques vieux journaux à l'occasion ; et je n'avais pas eu souvent les moyens de pratiquer l'écriture.

Le brave Justin me posa quelques questions pour la forme et il m'inscrivit régulièrement. Il me comblait. Grâce à lui, je bénéficierais à la fois de nourritures spirituelles et de nourritures matérielles.

Je me disais qu'heureusement le chemin de la vie se balise de quelques monuments de bonté qui redonnent espoir : certaines religieuses, sainte Béline, Mlle Saint-Cyr, tante Caroline et, maintenant, ce brave abbé Justin.

La réalité altérait un peu l'éclat de mon rêve.

La nuit, dès que s'éteignaient les lampes du dortoir, j'allongeais mes vêtements et mon oreiller sous les couvertures pour laisser croire à ma présence, et je me dirigeais vers une cabine de toilette. J'enjambais un mur pour passer dans une autre. Et, dans ce deuxième compartiment, je m'installais pour étudier. Car, à cause de mon retard scolaire et de mon travail à la ferme, il ne me restait pas assez de temps pour apprendre mes leçons, faire mes devoirs ou préparer mes examens. Je devais en prendre sur mon sommeil.

Je copiais et recopiais laborieusement mes dictées. Je lisais lentement et à répétition la grammaire en essayant d'en saisir les règles. Je peinais sur mon traité d'algèbre, alors que je n'avais jamais ouvert un livre d'arithmétique.

Presque à l'aube, au moment où le surveillant de nuit finissait sa partie de bridge avec le concierge, je regagnais mon lit tout discrètement.

Ce régime m'épuisait.

La fatigue s'ajoutait à ma myopie. Je n'avais pas les moyens de me procurer des lunettes. Je ne voyais rien des illustrations ou des explications que dessinait le prof au tableau.

Je n'osais pas demander des précisions. Je craignais le ridicule.

J'avais d'insupportables maux de tête. Je perdais connaissance plusieurs fois par semaine.

Le médecin de la maison intervint :

« Mon enfant, tu ne seras jamais capable de terminer ni même de simplement poursuivre tes études. Ton état de santé et tes yeux ne te le permettent pas. Tu vas devenir aveugle. De toute manière, je ne crois pas que tu fasses de vieux os. Alors, à quoi bon t'acharner à t'instruire ? Ne perds plus ton temps. Va reprendre les manchons de la charrue. Laisse ta place à un bon élève. C'est le seul service que tu puisses rendre. L'instruction, c'est un luxe. Il faut avoir les moyens et la santé pour se le payer. »

J'écoutais ce discours défaitiste, sans conviction. Je me rappelais cette parole de saint Isidore, inscrite au fronton du collège : *Étudiez comme si vous deviez vivre toujours.*

Sans le savoir, j'étais plutôt porté à suivre le conseil du poète Valéry, que j'apprendrais plus tard : « Il faut savoir désobéir. »

Je pris donc la décision de n'écouter que mon idéal. Je m'instruirais pour moi d'abord. Pour mon enrichissement personnel. Pour mon épanouissement. Ensuite, pour mieux comprendre et servir les autres. Je voulais vivre ou mourir instruit.

Je n'avais pas l'intention de me laisser décourager par les humiliations, la maladie et les prophètes de malheur.

Entre mes classes et la ferme, pendant que mes camarades écoutaient le hockey à la radio ou s'amusaient en récréation, j'étudiais ou je travaillais. Ou bien j'allais au lavoir et, un peu triste, je chantais sans cesse les *Ariettes oubliées* du poète Verlaine :

> *Il pleure dans mon cœur*
> *Comme il pleut sur la ville,*
> *Quelle est cette langueur*
> *Qui pénètre mon cœur ?*
> *Ô bruit doux de la pluie*
> *Par terre et sur les toits !*
> *Pour un cœur qui s'ennuie,*
> *Ô le chant de la pluie !*
> *Il pleure sans raison*
> *Dans ce cœur qui s'écœure.*
> *Quoi ! Nulle trahison ?*
> *Ce deuil est sans raison.*
> *C'est bien la pire peine*
> *De ne savoir pourquoi,*
> *Sans amour et sans haine,*
> *Mon cœur a tant de peine !*

Sans amour, en effet, mon cœur et mon rêve pleuraient...

***

Je n'avais guère connu l'amour, mais j'avais abondamment subi la haine. Je me disais que dans mon nouveau monde, instruit et religieux, au moins personne ne se réjouirait de ma misère ni n'oserait me vouloir du mal. Hélas ! Je me faisais des illusions.

Je n'avais pas eu le loisir de recevoir une certaine éducation. J'avais été laissé pour compte. On m'avait considéré comme une bête de somme. Je ne savais donc pas comment bien me comporter, même dans la société de mon petit collège.

Je n'avais pas appris l'art des silences dissimulateurs, des détours hypocrites ou de la flagornerie.

J'étais trop porté à dire et à faire ce que je pensais, ce que je croyais raisonnable et juste, par conséquent anticonformiste. En toute franchise. Sans moquerie ni méchanceté.

Je dérangeais mon entourage, généralement veule et tricheur. Je menaçais des traditions dépassées. Je bravais les tenants des habitudes asphyxiantes.

J'incarnais une originalité, une marginalité suspecte.

On m'accablait de reproches à propos de tout et de rien. Je parlais trop bien et je devais supporter les railleries de mes condisciples et même les moqueries de certains professeurs. J'utilisais un vocabulaire choisi que m'avaient appris les sœurs et Mlle Saint-Cyr. Je croyais employer des mots ordinaires.

Le directeur me présentait de la plus charmante façon aux visiteurs : « C'est un petit bâtard que je garde par charité. »

Pourtant je payais fort cher pour étudier et vivre en ces lieux.

Un jour que j'étais à genoux, en train de cirer le parquet du couloir près de la porte de son bureau, il me toucha du pied à la tête en disant :

« Décrasseur mal élevé, tu pourrais lever la tête pour saluer ton supérieur. »

Il répétait, comme tous les frustrés : « Maudit Français ! » parce que je vénérais ma langue et que je lisais avec passion l'histoire de France. Un jour où il m'adressait ses gentillesses, je me souvins de cette parole du roi Louis XI qui, pour se libérer des geôles de ses ennemis, acceptait les humiliations inévitables en disant : « Quand orgueil chemine devant, honte et dommage suivent de près. »

J'acceptais injustices, arbitraire et stupidités dans l'espoir de gagner un jour bonheur et dignité. Je n'avais d'ailleurs point d'autre choix.

Malgré tout, ma stratégie ne réussit pas sur-le-champ. Le directeur avait découvert, je ne sais comment, que j'étais entré au collège sous la fausse identité de Claude Roy.

Comme j'ai commencé de le dire au début de ce livre, il profita de l'occasion où je lui apportais une boîte de bouquins qu'il devait censurer avant de m'en permettre la lecture, selon le règlement. Il m'accusa faussement d'avoir lu un ouvrage interdit par la religion : la *Vie de Jésus* d'Ernest Renan.

Dans son bureau, il me traita de fourbe, sans me donner la chance d'ouvrir la bouche pour m'expliquer.

« Et dire que ça voudrait qu'on lui donne le bon Dieu sans confession ! » conclut-il.

Il appela Bardouche pour lui révéler ma fausse identité et ma conduite immorale et intolérable. Il lui demanda de faire le nécessaire pour le débarrasser de ce mauvais élève.

Je dus donc quitter le collège sous escorte policière et subir l'emprisonnement en attendant mon procès pour usurpation d'identité.

Dans le refuge idéal que j'avais cherché, je trouvais donc encore le mépris et la violence dont j'avais tant voulu m'éloigner...

CHAPITRE VII

Nouveau régime

En ce temps-là, la corruption et les abus de pouvoir de Bardouche et de ses amis avaient fini par susciter un fort mouvement d'opposition. Un nouveau parti, qui prêchait la démocratie et l'honnêteté, les chassa du pouvoir.

Le nouveau ministre de la Justice, dès son assermentation, fit porter des accusations criminelles contre le maître de la Beauce et ses principaux acolytes, dont Dulac et DuPaul : proxénétisme, homicide, vol, escroquerie, fraude, contrebande, supposition de personnes, et trafic d'influence ou bien complicité criminelle. De quoi envoyer tout ce beau monde finir ses jours en prison ou au bout d'une corde.

L'honnête magistrat qui avait remplacé Tabotin m'annonça :

« Le dénommé Claude Roy refuse de porter plainte. Il raconte qu'il t'a lui-même fait monter dans sa voiture, qu'il t'a conduit au collège Botrel et t'y a présenté à l'abbé Justin. Il est très fier que tu lui aies fait l'honneur d'emprunter son nom et que tu sois un bon élève, au dire de son ami Justin. Par conséquent, comme il n'y a ni fraude ni préjudice, donc point de supposition de personne, tu es libre. »

La tête haute, je sortis de la prison du palais. Je humai l'air libre et frais. Je songeai aux moyens de reprendre la route de Saint-Isidore et du collège Botrel.

Par un autre curieux hasard, voilà que mon maître et seigneur et ses deux associés allaient prendre ma place dans la cellule 130, juste à côté de Vanbir qui y rongeait déjà son frein et qui avait plusieurs années de peine à purger.

Ils n'avaient plus d'amis. Personne ne leur rendait visite. Personne ne voulait les reconnaître. Personne ne levait le petit doigt pour les défendre ni même pour leur apporter une aide quelconque.

Bien au contraire, tout le monde voulait s'en dissocier pour tirer profit du nouveau régime. Tout le monde se disait contre la corruption. On se dénonçait. On accablait les prisonniers de tous les crimes. On s'excusait d'avoir parfois collaboré, sous le coup de menaces.

Démoralisés par l'emprisonnement qui se prolongeait, les anciens collaborateurs se transformèrent en ennemis farouches. En effet, il n'y a pas de pires ennemis que d'anciens amis. Leur nature et leur ressentiment reprirent le dessus. Ils s'énervèrent. Ils s'injurièrent. Leurs discussions s'envenimèrent. La tension monta à l'intérieur de l'établissement.

Les deux plus faibles se sentaient désormais sur un pied d'égalité avec leur ancien chef. Ils affichaient même une sorte de complexe de supériorité dans les circonstances.

DuPaul et Dulac se vidaient le cœur. Ils tenaient Bardouche responsable de tous leurs malheurs. Ils lui imputaient la perte de leurs femmes, de leurs biens et de leur liberté.

Ils ressassaient les souvenirs de ses colères, de ses ordres arbitraires et abusifs, de leur résignation forcée, des sales besognes qu'ils devaient exécuter et même des bienfaits empoisonnés dont ils avaient bénéficié.

L'ex-roi de la Beauce ne leur opposait que silence et mépris. Il feignait de ne les pas entendre ni regarder. Il paraissait ne leur accorder aucune attention. On aurait dit que leurs folles récriminations et leurs scènes désagréables le laissaient indifférent. Il s'endormit sur leur grabat commun.

Cette attitude ne fit qu'attiser leur rage.

En même temps, ils eurent la même idée, qu'ils se communiquèrent :

« C'est le temps de nous venger !

— Il n'est jamais trop tard pour bien faire, ajouta Dulac. Il a gâché notre vie. Il mérite une bonne petite leçon. Il ne faut surtout pas lui donner l'occasion de se défendre sur notre dos, au procès. Sans lui enlever la vie, nous pouvons l'empêcher de nous nuire. Il serait capable d'arranger notre condamnation pour sauver sa peau.

— Ce n'est pas très catholique, ce que tu proposes là, reprit DuPaul.

— Laisse faire la religion, pour une fois. Allons-y au plus vite pendant qu'il ronfle. »

Armés de leurs bottines à crampons, à coups rapides et redoublés, ils frappèrent leur victime impuissante partout où ils le pouvaient : à la tête, au visage, aux tempes, aux yeux, aux côtes, au ventre.

Mal en point, à demi éveillé, ensanglanté, aveuglé, Bardouche essaya de se débattre.

DuPaul lui sauta à la gorge pour permettre à Dulac d'achever sa sale besogne.

Le maître s'évanouit. Il s'écroula sur le parquet qu'il arrosait de son sang.

Le vacarme alerta les gardiens, qui s'amenèrent aussitôt sur les lieux de la bagarre. Revolver au poing, ils tinrent les deux poltrons en respect pour ensuite les menotter et les conduire au donjon.

Le blessé, inconscient, fut transporté à l'hôpital. Du sommet du pouvoir, il était tombé sur un lit d'hôpital, sous la surveillance de la police.

***

Pendant ce temps, l'aumônier de la prison allait faire la connaissance de ses nouveaux paroissiens du donjon.

Son symbole et son image rappelaient leur foi religieuse à ses hôtes, surtout à cette heure où, ils le savaient bien, ils ne pouvaient rien espérer de la vie ni des hommes. Ils en ressentirent un certain apaisement.

Il ne leur restait que leurs péchés et leurs remords à confier au saint prêtre. Ils n'avaient plus rien à perdre ni à gagner, sinon le ciel, s'ils avaient le courage de se repentir, de confesser leurs torts ; et ainsi, selon l'enseignement du curé, pourraient-ils obtenir le pardon de Dieu et une petite place au paradis.

Dulac avoua à l'abbé Nantel que, lâchement, il avait laissé condamner sa femme, ma mère, Isabelle Roy-Dulac, pour un meurtre dont il était l'auteur. C'est lui qui, par un sursaut de dignité, comme il le pensait alors, avait éprouvé une certaine colère du comportement de sa maîtresse et, d'un couteau à portée de sa main, l'avait poignardée.

« Je ne sais pas, précisa-t-il, pourquoi Isabelle n'a pas contesté ma dénonciation à la police. Sans doute, dans sa générosité, a-t-elle voulu préserver le nom de ses enfants et sauver son mari ? Je crois qu'elle s'est sacrifiée pour nous. En ce qui concerne la mort du jeune Mélanson, une sale histoire dont je suis aussi responsable, c'est moi qui ai tout fait : l'accident de la route, la mise du cadavre dans un sac de jute que j'ai attaché à une pierre et que j'ai jeté à la rivière, et les fausses déclarations à la police, qui ont permis le non-lieu. Dans le temps, Bardouche me demandait de le laisser accuser parce qu'il pouvait facilement arranger les choses avec les gens de justice. C'est ce qui est arrivé d'ailleurs. Il a été acquitté : jamais moi je n'aurais pu l'être. Voilà ! Je me sens soulagé, sinon pardonné. Je ne suis pas très courageux de nature. J'ai tout perdu : ma femme, mes enfants, mon honneur et ma liberté. Je vis mes derniers mois avant l'échafaud. Pour le peu de temps qu'il me reste, je voudrais être un peu utile, réparer un peu mes erreurs. J'aimerais rendre justice à Isabelle, ma femme, et à Bardouche qui ont été accusés à ma place de crimes qu'ils n'ont point commis. Ainsi leurs qualités, car ils en avaient, et leur personnalité pourront-elles ressortir aux yeux du monde. Honnêtement, je le crois, leurs défauts paraîtront moindres. Pour ma honte et mon expiation, je vous autorise à révéler ce que je viens de vous confier. »

Dulac se mit à genoux. Il pleurait à chaudes larmes. Le confesseur lui donna l'absolution.

DuPaul garda le silence. Il se mit à genoux pour demander pardon au confesseur et en recevoir aussi l'absolution.

Les jours interminables, l'humidité, la mauvaise nourriture, les rats affectèrent terriblement ces deux oubliés de la prison.

Ils ruminaient leur passé d'avachissement et de complicité criminelle. Ils se rappelaient et se reprochaient mutuellement leur agression contre Bardouche. De quel droit avaient-ils pu chercher à faire justice eux-mêmes ?

L'angoisse et l'énervement les gagnaient. Ils dépérissaient.

Puis, à certains moments, ils retrouvaient leur calme. Ils pensaient à leur salut éternel. Ils attendaient d'autres visites de l'aumônier. Malgré tout, ils espéraient la clémence de Dieu, sinon celle des hommes.

Au fond, ils étaient braves à leur façon. Ils n'avaient généralement agi que sous l'influence de l'alcool et sous la tutelle de Bardouche, comme la plupart des gens de leur milieu.

Les hommes ne leur en tenaient pas moins rigueur, mais Dieu, sans doute, leur montrerait de la miséricorde, comme le disait leur vénérable curé.

Leurs crises se multipliaient, de plus en plus hystériques et violentes. Ils criaient. Ils s'affolaient. Ils menaçaient leur entourage. Ils en venaient aux coups, sans savoir pourquoi.

Les gardiens intervinrent. Ils les coincèrent dans des camisoles de force et les conduisirent à l'asile, où ils finirent leurs jours quelques mois plus tard.

Les Beaucerons libres paraissaient oublier le manipulateur d'hier et ses compagnons d'infortune. Ils se sentaient soulagés de les savoir enfermés, à l'article de la mort à l'hôpital ou à l'asile. Ils essayaient de se croire en paix comme s'ils n'avaient pas été, dans certaines circonstances, les complices de leurs tripotages.

Sur les héros des beaux jours, ils gardaient un silence prudent. Ils n'osaient se poser de questions à leur sujet, du moins ouvertement. Ils ne se reconnaissaient aucun lien avec eux. Et, surtout, ils ne voulaient point se compromettre aux yeux de leur nouveau député.

« Son chien est mort », plaisantaient les cyniques en parlant de Bardouche.

Ce qui signifiait que leur ancien maître ne pouvait plus les braver ni exercer la moindre influence sur la société. Il n'avait plus de faveurs à distribuer. On pouvait l'ignorer et même s'en moquer. Quelle douce vengeance !

Ces profiteurs regrettaient que Dulac et DuPaul n'aient pu achever leur besogne d'assassins. Ils s'inquiétaient des révélations compromettantes que le roi de la vallée pourrait faire sur les uns et sur les autres. N'ayant rien à perdre, il pourrait toujours troquer la clémence de la justice ou même sa liberté contre des dénonciations précieuses. Ce serait terrible.

Sans problème, si possible, les Sartiganais espéraient bien tourner la page noire du livre de leur vie, passer en douce aux pages blanches. Quel désastre si l'on découvrait leur collaboration avec la pègre !

Ils entouraient et flattaient la nouvelle puissance du jour, le nouveau député.

Joyeusement, ils mentaient. Ils se vantaient d'avoir tout fait pour désobéir à ce mécréant de Bardouche et pour le combattre à leur manière. D'ailleurs, à la fin, si le nouveau député avait pris l'avant-scène, n'était-ce pas grâce à leurs votes ?

Les drames personnels se multipliaient. Des changements de mentalité et d'atmosphère s'annonçaient.

Le printemps politique venu, des arbres fleurissaient, les plantes s'épanouissaient en toute liberté et pureté. Le vent, le soleil, la pluie prenaient leur récréation dans la nature. Une humanité nouvelle apparaissait.

L'emprisonnement des têtes d'affiche faisait réfléchir ceux et celles qui restaient en liberté.

***

Pendant que le vieux lion et ses deux compères, qui avaient terrorisé le peuple beauceron, en perdaient, je reprenais du poil de la bête et je pouvais enfin me ressaisir.

Je revins au collège dont j'avais été injustement expulsé, la tête haute et, cette fois, sous mon vrai nom.

Je frappai à la porte du directeur, comme il se devait. Je me sentais heureux de pouvoir lui annoncer ma libération et mon retour en grâce.

Hélas! L'autoritaire personnage ne voulut pas partager ma joie. Il prit un ton aussi désagréable qu'agressif pour me dire:

«Encore toi! Tu t'es évadé une autre fois, je suppose?

— Non, monsieur! Le juge a reconnu mon innocence et il a émis une ordonnance de libération. La voici.»

Sans aucun respect de l'ordre et de l'autorité dont pourtant il ne cessait de rebattre les oreilles des étudiants, ce terrible inquisiteur saisit le document officiel, le déchira sans le lire et le jeta au panier.

«Je n'ai que faire de cette paperasse, expliqua-t-il. Qui me dit que ce papier n'est pas faux? On ne sait jamais avec les gens de ton espèce. De toute manière, nous n'acceptons point de repris de justice. Tout de même, je dois préserver l'honneur de cette maison.

— Mais je n'ai commis aucun crime et je n'ai subi aucune condamnation.

— Ton père Dulac est un criminel. Ta mère a crevé en prison. Ton ancien maître est un bandit. Quelle belle famille! Penses-tu que tous ces beaux personnages peuvent engendrer ou former un ange? Et puis, c'est sans importance. Nous t'avons remplacé à la ferme et dans ta classe. Tu ne pourrais gagner tes cours et tu n'as plus de place ici. En outre, ta fiche de santé est mauvaise. Je ne serais pas surpris que tu aies des maladies contagieuses.

— Mais je n'ai jamais manqué une heure d'ouvrage et je ne me suis jamais absenté des cours. Si vous n'avez plus de travail pour moi, je puis vous signer une reconnaissance de dette que je paierai dès les prochaines vacances. Peut-être aussi que, si je pouvais lui parler, l'abbé Justin trouverait moyen de m'employer. Je vous en prie, laissez-moi étudier et travailler.

— Cher petit crétin, tu sembles oublier que nous ne vivons pas de l'air du temps ni de prières. Nous prions pour la gloire de Dieu qui exige un certain effort de bonne conduite. Maintenant, sors d'ici. J'ai entendu assez de tes sornettes. »

Une fois de plus, je m'en rendis compte, cette société reposait sur l'argent, l'autorité arbitraire et les privilèges. Les orphelins, les démunis, n'avaient pas droit à la justice, encore moins à l'instruction.

Dans ce monde snob, mercantile et bondieusard, je n'étais qu'un paria et, pourtant, je ne renonçai point à mon idéal, que je considérais aussi comme un droit et même un devoir.

Pour exercer ses droits, il ne suffit pas d'être libre ; il faut encore la reconnaissance et la permission capricieuse des détenteurs du pouvoir et de l'autorité. Je ne comprenais toujours rien à la logique des adultes. Le moribond Bardouche avait donc des disciples qui ne voulaient même plus se considérer comme ses amis.

CHAPITRE VIII

En quittant ce monde

Souciez-vous,
en quittant ce monde,
non d'avoir été bon,
cela ne suffit pas,
mais quittez un monde bon.

BERTOLT BRECHT

Je n'avais donc point le droit d'étudier ni de travailler par
la faute de cet entêté de directeur. Je devais encore une fois
fuir mon collège et mon idéal.

Mais pour aller où ?

Je ne le savais pas. À contrecœur, je repris le chemin de
la ferme de Bardouche. Le chef disparu, l'atmosphère avait
peut-être changé ?

J'espérais être accueilli avec chaleur. Je souhaitais
trouver gîte et travail tout en entretenant, en mon for
intérieur, le projet de récidive intellectuelle, mon impen-
sable retour au collège, la fin de mes humiliations
inutiles.

Chemin faisant, je souris à mon rêve d'instruction, source de problèmes mais aussi de joie intérieure, d'espoir, de dignité et de liberté. Je récapitulai les événements et les misères qui y avaient donné naissance et qui l'avaient fait grandir, sinon réussir. J'avais toujours le goût des livres qui, pour moi, restaient symboles de plaisir et même de bonheur.

Le premier souvenir que je n'avais pas, c'était celui de ma mère. J'étais trop jeune quand je la quittai, à la prison, ou peut-être avais-je tendance à vouloir oublier ces mauvais lieux ? Pourtant, depuis, je n'avais jamais passé un seul jour sans penser à elle, sans la prier comme une sainte. J'imaginais son sourire un peu triste, son infinie douceur et sa tendresse inépuisable, dont je ne parvenais pas à trouver la trace dans ce monde.

Je revoyais sa cellule, que j'avais dû occuper à mon tour, par suite d'un mauvais sort qui, sans doute, s'attachait à mes pas.

Après, ma mémoire se précisait avec mon entrée sinistre à la prison de la Désespérance, cette caserne d'orphelins, d'où je fus également chassé, faute de payeur de pension.

Puis mon premier voyage en train. Le portrait de l'épouvantable percepteur qui m'avait arraché mon petit canif, cadeau de ma mère. Le gros cigare dont la fumée cachait la formidable personnalité de Bardouche, qui me suivrait sur la route de la vie comme une ombre diabolique.

Voilà qu'ensuite je m'étais enfoncé dans la vallée de larmes de la Chaudière pour vivre dans l'hypocrisie et le malheur d'un village à deux faces, Sartigan, le fief de ce satan de Bardouche.

Dans ce monde infect et dur, sur cette route qu'avait désertée le moindre amour du prochain, j'avais tout de même croisé des balises qui m'avaient donné l'espoir de jours meilleurs, des saintes et des saints : Béline qui, à l'orphelinat, avait volé des galettes de sarrasin pour m'aider à survivre ; les sœurs qui, en nous lisant la vie des saints et l'histoire, m'avaient donné le goût d'apprendre, de m'instruire ; Mlle Saint-Cyr qui, à Sartigan, en cachette, m'avait donné le goût du bonheur d'apprendre à lire et à écrire ; le curé du village qui, avec courage, du haut de la chaire, dénonçait les pharisiens, les malhonnêtes et les exploiteurs ; l'abbé Justin qui osa m'ouvrir les portes du collège ; et tante Caroline qui, avec ses vingt-quatre enfants et un fils adoptif, trouvait le temps et le moyen d'aider les pauvres, de me secourir à l'occasion et surtout de me dire un bon mot quand elle me voyait.

Mais trêve de songes nostalgiques ! Justement, la voiture de tante Caroline, qui s'était portée à ma rencontre à la suite de ma nouvelle expulsion du collège, fit une halte.

J'aperçus la maison de mon seigneur déchu. Jamais elle ne m'était apparue si calme et si tranquille. On l'aurait crue inhabitée si le chien n'avait pas fait entendre son terrible et joyeux aboiement.

Je m'arrêtai près de lui, à la porte. Je le flattai. J'hésitai à frapper. J'avais peur d'entrer. Je n'en avais point l'habitude et, une fois, j'avais payé fort cher mon intrusion. Un instant, j'eus envie de tourner le dos et de repartir je ne savais où.

***

Pendant que je tergiversais, madame Bardouche vint m'ouvrir.

« Bonjour ! fit-elle doucement. Que je suis heureuse de te revoir ! Entre ! Mais entre donc ! Fais comme chez toi, comme tu aurais dû toujours pouvoir le faire ! »

On aurait dit qu'avec la départ de son mari, elle avait retrouvé sa personnalité bonne, douce, franche et chaleureuse.

Je profitai de l'hospitalité, de la spontanéité bienfaisante et de la culture de cette ancienne maîtresse d'école. Elle corrigeait mon vocabulaire et ma grammaire. Elle me prêtait des livres. Elle m'expliquait l'histoire. En somme, tout bonnement, d'une certaine façon elle me fit poursuivre mes études tout en me permettant de travailler à la ferme et de partager les joies et le confort de sa famille dans la maison.

Envers son *homme*, elle se montrait d'une rare compréhension et d'une indéfectible loyauté. Elle ne le jugeait point. Elle éprouvait une grande peine des malheureux incidents de la prison et de sa maladie, du mépris des gens qu'il avait aidés de mille façons, souvent sans attendre rien en retour. Elle le défendait, comme si, par sa propre faiblesse, elle en avait été la complice. Sans doute se défendait-elle un peu elle-même en tentant de justifier le personnage et la déchéance de son mari.

« Chez lui, me confia-t-elle, comme chez la plupart des êtres humains, la contradiction s'érigeait en système. Mais, dans le bilan de sa vie, le bon l'emportait sur le mauvais.

« Avec un égal bonheur, il pratiquait tantôt la cupidité, tantôt le détachement. Il accumulait une fortune inutile, sinon nuisible. Il se tuait à dépenser son argent sans y parvenir.

« Son sentiment d'impuissance devant le bien, dont il ne cessait de rêver secrètement dans cette société hostile, le poussait férocement à jouer la dictature du mal.

« Son audace n'avait d'égale que la peur qui le tenaillait. Sa cruauté, étrangement, n'était que tendresse contenue, si incroyable que cela puisse paraître. Même s'il voulait le faire tous les jours, il ne montrait jamais son vrai visage qui, pourtant, était beau.

« Il enviait les gens instruits, simples, honnêtes, francs et directs, ces perles rares du trésor humain. Mais il se croyait tenu de défendre son image de fanfaron magnifique et malfaisant à la fois.

« Il craignait terriblement le diable et l'enfer. Il s'en protégeait en priant Dieu et en participant aux bonnes œuvres de l'Église.

« Il m'adorait, je le sais, mais, en même temps, il abusait des autres femmes.

« Par crainte d'en être exploité, il se hâtait d'exploiter les autres hommes. Il n'était pas plus méchant que les autres, au fond, il avait seulement plus d'audace et il ne cachait point sa méchanceté occasionnelle. Souvent, il m'apparaissait meilleur que les citoyens dits honorables. S'il faisait beaucoup de mal, il accomplissait également beaucoup de bien, contrairement à nombre d'honnêtes gens qui ne font ni l'un ni l'autre.

« Tu n'as jamais su toute sa véritable histoire, qui expliquait la fausse. Moi non plus, d'ailleurs, dans une large mesure.

« Après son congédiement comme professeur de l'université, il avait accepté de jouer le rôle de l'avare malhonnête Majoric dans la pièce et le roman radiophonique. Je pense qu'il avait pris goût au personnage, qu'il l'avait assimilé un peu trop et l'avait peut-être transposé dans sa nouvelle vie. La série terminée, une petite fortune en poche, il avait voyagé et il s'était amusé jusqu'à dépenser le dernier sou de ses économies. Mais il s'était fait des relations dans les affaires, la pègre et la politique, qu'il était si souvent difficile de distinguer.

« Ruiné, il décida de changer de nom, de visage et de pays. Il vint s'organiser une nouvelle vie dans la Beauce, dont il devint le bienfaisant dictateur, si l'on peut dire. Il s'adapta si bien à son nouveau rôle et à sa vallée que les Beaucerons le considérèrent comme l'un des leurs. Dégoûté de l'hypocrisie et de la déloyauté des hommes, de leur lâcheté sous toutes ses formes, il se plaisait à se présenter comme cynique, méprisant et brutal.

« À certains moments, solitaire au milieu de la foule, comme écrivait un poète, il réfléchissait. Il revenait sur ses actions et sur ses exactions. Il se retrouvait. Il avait peine à se regarder dans le miroir. Il avait honte. Il éprouvait des remords. Hélas! comment vivre dans une société pourrie où il s'était gâté lui-même? Il n'avait point le courage de se purifier, de revenir à sa nature d'intellectuel, de bon et lucide chrétien.

« Dans tous les sens de l'expression, ses dernières épreuves lui ont donné le coup de grâce. Il médite sur sa décision définitive de donner à ce qui lui reste de vie son véritable sens, et de pratiquer sincèrement l'amour de Dieu et du prochain. Mais survivra-t-il à ses bonnes intentions? Un peu tard, peut-on penser, il rectifie son tir. Maintenant, il ne vise plus qu'un objectif : la valorisation à ses yeux, comme au regard du reste du monde, de cette vertu cachée au fond de tous les cœurs qu'est la bonté.

« En lui, je découvre un nouvel homme, celui que je croyais avoir épousé, qui représentait la foi, la joie de vivre, la bienfaisance, la culture et la sagesse. Si j'ai eu l'air d'avoir été complice de son comportement malhonnête, ce n'est qu'en apparence. Car je n'en étais guère consciente. Je l'aimais. Je le voyais comme essentiellement bon et je connaissais bien peu ses affaires. Je restais à la maison. Je n'en sortais que pour aller à l'église ou chez nos braves voisins.

« Moi aussi, j'ai ouvert les yeux à l'occasion des derniers événements et en lisant les révélations des journaux.

« Une chose dont je suis certaine : il t'aime. Il t'admire, même s'il ne l'a guère prouvé jusqu'à ce jour. Aujourd'hui, j'en suis sûre, il désirerait te voir. Il te traiterait comme son fils, comme ses autres enfants. S'il revenait à la santé et à la liberté, il te respecterait. Il réparerait les injustices qu'il t'a infligées. Il te laisserait entrer et dormir dans la maison, comme je suis heureuse de le faire maintenant. Tu ferais partie de la famille. »

***

J'étais content d'annoncer à cette admirable femme que je rendrais visite à son mari. Elle avait l'impression, bien fondée, que ma démarche constituait un geste de pardon de ses injustices envers moi.

De toute façon, je n'avais pas envie de gaspiller mon énergie et mes sentiments dans la rancœur ni dans la vengeance. Il me paraissait plus sage de les réserver, comme je l'avais fait depuis l'orphelinat, à la poursuite de mon idéal de bonheur par l'instruction. D'ailleurs, l'agression de ses compagnons de fortune qui, dans l'infortune, s'étaient retournés contre lui et l'indifférence des gens de bien qui avaient profité des bienfaits de Bardouche m'inspiraient déjà assez de dégoût.

Moi, je ne souhaitais que rencontrer le héros malade, pour l'écouter, le comprendre et, aussi, un peu par curiosité et je ne sais par quelle sympathie qui, malgré tout, m'attachait à lui. La souffrance aidant, peut-être m'accorderait-il la joie de se montrer sous son vrai jour, comme me l'avait laissé entendre sa femme.

La tête remplie de ces réflexions et d'une certaine inquiétude, je me rendis à l'hôpital. J'entrai dans la grande salle blanche dénudée, antichambre de la mort, qu'autrefois j'avais connue.

J'aperçus d'abord une vieille femme ridée, pâle, et pourtant l'air paisible comme un ange, penchée sur un moribond. Son visage me rappelait quelqu'un que j'avais connu et que j'aimais. Je m'arrêtai. Je la fixai. Je la reconnus enfin.

« Béline ! Mais c'est Béline ! m'écriai-je, tout joyeux.

— Bien oui, mon petit Jeannot ! Et je ne suis pas plus jolie qu'autrefois, même un peu plus ratatinée. »

Je lui sautai au cou et je l'embrassai bien fort.

« Je te présente mon mari, ajouta-t-elle. Il est dans un piètre état. On dirait qu'il ne veut pas me laisser d'un pas et qu'il veut que je le suive jusque dans la tombe. Mais il n'a pas toujours été comme ça. Il a été raisonnable. Il a honnêtement travaillé. Il aimait le monde, il rendait bien service, à sa façon, comme percepteur de billets sur le train.

— Quel train ?

— Eh bien, le train qui justement partait de Lévis et passait par Sartigan. Ça me revient à l'esprit. Il m'a raconté qu'à ta sortie de l'orphelinat, sur ce train, tu avais payé avec un canif au lieu d'un billet. Nous avons souvent parlé de toi. »

Ces mots réveillèrent le patient. Il se dressa sur son lit. Il me regarda droit dans les yeux :

« Ah ! c'est toi, mon petit, qui m'as donné un canif pour payer ton passage ? me demanda-t-il. Je l'ai toujours eu sur la conscience et dans ma poche. J'avais des remords de te l'avoir pris. Tiens, reprends-le, il est là, dans mon tiroir. Maintenant je peux mourir en paix. »

Après m'avoir rendu mon trésor, quelques minutes plus tard, il rendait l'âme.

Sa femme pleurait. Je l'embrassai en essayant de la consoler.

Puis je dus poursuivre mon chemin pour rejoindre, au fond de la pièce, un autre malade qui m'attendait, les yeux bien ouverts et tournés vers moi.

***

Pour la première fois, en mon honneur, Bardouche esquissa un léger et beau sourire, entre les pansements qui lui couvraient le visage. Je l'avais toujours connu inhumain et ricaneur comme un démon.

De sa voix presque éteinte, il pria les gardes et le flic, affectés à sa surveillance, de s'éloigner.

Je m'en approchai. Je lui tendis la main droite. Aucune réaction.

Je fis marche arrière, saisi d'horreur : je venais d'apercevoir les chaînes qui dépassaient des couvertures et qui retenaient ses membres au lit. Je me rappelai qu'il était toujours prisonnier et sous la garde de la justice.

« N'aie pas peur, murmura-t-il doucement. Reste près de moi. J'ai beaucoup de choses à te dire et bien peu de temps pour le faire. Je voudrais te raconter ma dernière expérience ou plutôt mon dernier voyage ; et, ensuite, la vérité sur le reste de ma vie. Ne ris pas, je t'en prie. Mon épreuve m'a été utile et elle est aussi susceptible de t'aider.

« Comme tu le sais, à la suite de l'agression de Dulac et de DuPaul, dans notre cellule commune, j'ai été plongé dans le coma. Les praticiens m'ont condamné. Ils m'ont déclaré mort, selon les apparences, la science et la loi. J'ai failli être enterré vivant. L'infirmière Dupont, qui entretenait des doutes sur ces savantes et hâtives conclusions, incitait les médecins à la prudence et à la patience. J'étais paralysé, complètement réduit à l'impuissance, à l'inertie, au silence. J'étais sorti de mon corps comme un serpent de sa peau.

« Penché sur mon lit, le chirurgien faisait de grandes considérations futiles, en me tâtant ici et là, au hasard. Je ne réagissais point. J'étais conscient, mais je ne pouvais crier que je l'étais. Mes lèvres refusaient d'obéir aux ordres de mon esprit. Ma pauvre carcasse refusait de bouger. Mes paupières, grandes ouvertes, restaient collées aux orbites. Seul au monde, je me savais vivant.

« Au cours de l'une de ses visites routinières, pour la forme, pour satisfaire la garde-malade trop scrupuleuse, un médecin me braqua une lampe de poche dans l'œil droit. Et je n'arrivais toujours pas à donner signe de vie.

« L'un de ces savants acteurs suggéra de mettre fin à la comédie et de préparer le certificat de décès. Je me sentais terrifié. Mais je ne pouvais même pas émettre le moindre son.

« Une dernière fois, comme pour s'amuser, le docteur Murati me tira les oreilles en disant : "Si vous m'entendez, remuez le pied." Rien ne se produisit. Pourtant, l'infirmière avait cru voir bouger le petit doigt de ma main gauche. Elle resta seule. Elle avait les yeux rivés sur moi, le souffle coupé.

« Puis tout à coup, elle entendit une déchirure. Elle souleva la couverture de coton surusée. Près de ma main droite, elle constata qu'effectivement le drap était un peu déchiré.

" Revenez ! Revenez ! " lança-t-elle au médecin qui s'éloignait à pas lents.

« Le sceptique reprit : "Si tu es vivant, remue un doigt de la main droite."

« De nouveau je me commandai et j'essayai désespérément de m'obéir. J'y parvins. J'agitai un tout petit peu l'index de la main droite. Un mouvement en entraînant un autre, je clignai des yeux presque en même temps. J'avais apparemment repris vie.

« La médecine en était médusée.

« Je regrettais un peu mon retour dans ma misérable peau. Car, malgré tout, j'avais connu de bons moments dans mon autre vie. Seul le va-et-vient autour de mon lit avait troublé ma bienheureuse sérénité. Léger comme l'air, mon esprit avait flotté au-dessus du monde pollué. Il avançait dans un jardin de roses et de parfums. Au bout d'une allée, j'avais rencontré un être de lumière, une sorte de divin Roi-Soleil, sans forme précise ni limitée dans l'espace. Ce personnage merveilleux m'avait accueilli avec une extrême douceur, comme si j'en étais digne. En un instant, il projeta sous mes yeux le film de ma vie ratée. Était-ce pour me punir? Je le méritais bien. Était-ce pour m'inciter à réfléchir et à m'amender? Je me demandais s'il n'était pas trop tard. Mais j'espérais encore en avoir le temps.

« Qui connaît les desseins de Dieu ?

« Il me présenta même mes prédécesseurs outre-tombe : Isabelle, ta mère, épanouie, douce et belle. Et plusieurs de mes anciens complices qui avaient fait peau neuve, si je puis dire. Ils s'étaient transformés en anges inoffensifs et splendides. Sans doute s'étaient-ils corrigés et repentis avant de mourir. Tous paraissaient purifiés, calmes et joyeux.

« Puis mon Hôte lumineux s'éloigna.

« Je fus saisi d'effroi. C'est alors que je m'efforçai de réintégrer mon corps, douloureusement. Je reprenais ma conscience terrestre.

« Voilà comment j'ai vécu la mort. J'en ai une certaine nostalgie. Mais j'en tire aussi de bonnes leçons.

« Au fond de l'humanité, dans mon âme et chez les autres, j'ai découvert des trésors de bonté, la seule vertu qui compte et que je voudrais ne plus jamais oublier. Oui, je le sais, j'aurais bien dû faire cette découverte auparavant. Mais mieux vaut tard, si ce n'est point trop tard, que jamais. Au moins, pendant le temps qu'il me reste, c'est peu et c'est beaucoup, je vais me préoccuper de répandre cette bonne nouvelle parmi les hommes ; et m'arranger pour que cette action se poursuive après ma mort, par toi, si tu le veux bien. »

***

« Comme beaucoup d'hommes de ma génération et de mon pays, j'ai été hypocrite et lâche, un faux personnage et un faux prophète de malheur. En vérité, la vie est belle, exaltante, heureuse pour qui sait aimer Dieu et son prochain, rendre service et sourire, surtout quand les autres sont près de vous.

« Je suis maintenant ce que j'aurais dû toujours être, paraître et vivre : je suis moi-même et un prophète de bonheur.

« Toi, comme tu le cherches avec passion et persévérance, comme tu entretiens de hautes préoccupations morales et intellectuelles, tu trouveras naturellement le bonheur et tu sauras bien le partager avec les autres.

« Criminel à contrecœur et mécréant en apparence, j'ai l'air ridicule de montrer ma foi en Dieu et dans la charité. Je serais encore lâche si, pour une fois, je ne m'exprimais pas sincèrement. Je me suis assagi à la dernière heure et voilà que je me repens sur le tard, penseras-tu. Suis-je resté opportuniste et politicien en croyant ainsi pouvoir arranger mes affaires avec Dieu et avec toi, comme je le faisais avec les hommes de mon milieu ? Non ! je ne le crois pas.

« Ta visite m'encourage à la vérité, à laquelle tu as enfin droit, honnêtement. Tu me fais espérer contre toute espérance. Ne me quitte pas tout de suite. Aie la patience de m'écouter encore un peu. Avant ton retour à la ferme, je voudrais t'expliquer quelques autres petites choses. »

***

Bardouche s'était arrêté. Il pleurait doucement. Il paraissait épuisé, mais il était désireux de terminer son monologue.

« Malgré tout ce que j'ai fait ou n'ai point fait, reprit-il, et tout ce qu'on a pu en penser aussi, je n'étais pas le monstre tout-puissant ni le bandit sans cœur que je semblais incarner. J'étais et je suis des humains le plus humain peut-être. Je faisais montre de ma soi-disant grandeur et je souffrais terriblement de mes petites misères, que je cherchais à grossir plutôt que de m'en servir à bon escient. Pour vivre en paix dans la méchanceté, j'aimais mieux ne pas trop m'attarder à réfléchir. Je m'efforçais d'oublier qui j'étais vraiment.

« J'avais cru aux connaissances, à l'étude, aux livres, à l'esprit tout court comme à l'amour de Dieu et du prochain, pour moi, ancien professeur de philosophie, une science fondamentale de la société.

« Je fus chassé injustement de l'université où j'enseignais, où j'avais parlé simplement de la *Vie de Jésus* d'Ernest Renan et, par erreur, tenté d'expliquer, dans le contexte du dix-neuvième siècle, et non de justifier, sa fausse interprétation du personnage de Jésus. Ce fut la raison, que je crois aujourd'hui fondée, de mon renvoi d'une institution catholique. J'aurais dû m'abstenir de me mêler de ce qui sans doute relevait de la critique théologique.

« Puis, comme par vengeance et dépit, mais en même temps avec nostalgie, j'ai joué l'ignorance et le mépris de la culture. Victime d'une injustice, j'ai perdu foi en la justice et je me suis vengé sur tous les autres hommes, y compris toi, en transférant les torts que j'avais subis.

« Comédien par hasard, je l'ai été assez longtemps pour comprendre qu'il valait mieux ne pas être soi-même pour réussir dans cette société médiocre, perfide et lâche.

« Comme tout le monde, du moins en Amérique, comme tous ceux qui l'affirment ou bien le nient, j'ai pensé qu'avec beaucoup d'argent je pourrais m'acheter un peu de bonheur. J'ai gaspillé ma vie à vendre mon âme pour ce vil métal et à trafiquer celle des autres.

« Il a suffi de quelques coups de savates de mes anciens amis en prison pour me ramener à la raison, à la réflexion et à une sagesse bien tardive.

« Non ! à part les hommes, l'argent n'achète pas grand-chose. Ce qui me séduit vraiment ne se monnaie point et n'est pas avilissant. C'est une âme riche de pensée, de courage, de droiture, de foi et de charité. C'est une rareté en ce siècle et en ce pays.

« Ton attitude volontaire, ta persévérance dans ce monde ignare qui, par surcroît, considère les gens instruits et les artistes comme des fainéants, ton audace à marcher la tête haute dans cette société de têtes basses et d'avachis, ton dédain de tout ce qui pouvait gêner ton idéal d'instruction et de bonté, et ta charitable visite auprès d'un personnage qui t'a fait tant de mal, voilà qui, définitivement, me réconcilie avec les autres et avec moi-même.

« Tu me respectes envers et contre tout et tous ceux qui, maintenant que je suis déchu, s'empressent de m'ignorer ou de me mépriser. Même si, peut-être, tu n'oublies pas tous les ennuis que je t'ai causés, je sens que tu ne m'en veux pas.

« Moi non plus, je ne tiens plus compte des injustices et de la méchanceté dont j'ai aussi été victime parfois et dont je souffre encore davantage aujourd'hui, bien que, comme répètent les gens, je ne les aie point volées.

« Je ne reproche rien à personne, pas même à mes agresseurs de la prison. En somme, je dois accepter ce que je mérite. Ainsi dois-je expier, si possible, quelques-unes de mes bêtises.

« Je suis reconnaissant au nouveau ministre de la Justice d'avoir fait confisquer tous mes biens mal acquis. Je me sens soulagé, comme si je remboursais ce que j'ai volé. Ce qui me reste est propre. Je peux encore disposer d'une honnête succession.

« Efface de ta mémoire, si tu le peux, mon mauvais exemple. Essaie de comprendre qu'au fond j'aurais aimé être bon. Je ne sais si je peux te demander pardon. »

***

Je répondis à mon interlocuteur :

« Je n'ai ni à vous juger ni à vous pardonner. Je ne me suis jamais senti offensé. Sans négliger le reste, je l'oublie. Je ne retiens pour ma conduite que ce qui me paraît valable.

« J'ai bien le temps de commettre mes propres erreurs et d'en espérer le pardon à mon tour. Je m'efforce toujours de faire le difficile exercice de comprendre les autres plutôt que de les condamner. J'aime les gens pour ce qu'ils sont véritablement, pour ce qu'ils démontrent de bien un jour ou l'autre, à certains moments. Je ne hais personne. J'ai toujours senti que derrière votre façade de gangster plutôt gauche un homme honnête et bon se cachait.

« À l'expérience et à la réflexion, et les orphelins ont beaucoup de temps pour réfléchir, vous le savez, en observant vos qualités discrètes et celles des autres aussi, je me suis fait une certaine provision de sagesse toute simple.

« Je ne me fatigue pas à éprouver ou à entretenir des mauvais sentiments et des rancunes. Je m'arrête au bon côté des gens et des choses : le contraire me paraît sans importance ni utilité.

« Je me souviens d'une certaine attention que vous m'avez témoignée dans le train qui m'amenait de l'orphelinat à Sartigan. J'ai refusé l'obole que vous m'offriez pour payer le ticket du train, mais je me suis toujours souvenu de votre geste. Oh ! ce n'était sans doute pas le Pérou en fait de générosité. Néanmoins, c'était un signe de bonté.

« Ma sœur, votre fille adoptive, m'a aussi confié que vous lui parliez comme un poète et que vous lui racontiez avec émotion les histoires les plus belles, que vous l'incitiez même à s'instruire.

« Je ne vois pas de raison de vous détester. Je répète que je ne hais personne.

« Je n'envie personne non plus. Je me réjouis de tout ce qui arrive de bon et de bien aux autres. Plus il y a de bonheur autour de moi, il me semble, plus j'ai la chance d'en respirer.

« J'ai confiance aux hommes malgré leur misérable comportement parfois. En les aimant, je commence à les comprendre et je crois à une société meilleure. En général, les humains sont profondément bons, ou naturellement si vous le voulez, tout comme vous, je n'en doute pas. Ils n'attendent souvent que l'occasion de le manifester. Ils ne savent pas toujours comment, hélas ! Notre société, hypocrite et lâche, je le redis, leur facilite rarement cette démarche.

« Je me rappelle tous les bons moments qui ont marqué le chemin de ma jeune vie et, malgré tous les ennuis, je me sens privilégié.

« Il y a toujours, dans notre existence, quelqu'un ou quelque chose qui vous la fait aimer.

« Je n'ai guère connu ma mère. J'en ai un vague souvenir qui me poursuit tous les jours, qui m'est revenu en prison, puis dans sa cellule que j'ai occupée à mon tour, comme par hérédité. Elle représente pour moi l'amour idéal, lucide et chaleureux. C'est l'être le plus adorable que je me plais à imaginer.

« Je souris encore aux généreux larcins de Béline, qui volait des biscuits à l'orphelinat pour m'en faire bénéficier et me permettre de survivre.

« Avec émotion, je me rappelle l'attachante Caroline, dont le souci de ses vingt-cinq enfants n'épuisait point le dévouement. Elle trouvait toujours le moyen de rendre service à mille autres personnes, dont son neveu oublié du monde.

« Mlle Saint-Cyr et ses leçons clandestines, qui ont permis à mon protecteur, l'abbé Justin, de m'ouvrir les portes d'un grand rêve et, à la fin, du collège, mon idéal, mon bonheur suprême.

« Aussi, pourquoi m'arrêterais-je aux reproches, aux malheurs, aux misères, aux égoïstes, aux indifférents et aux tortionnaires ?

— Comme tu as magnifiquement raison, répliqua Bardouche. Que j'aurais aimé apprendre aussi vite que toi le sens de la vie et l'amour. »

Pour la première fois, mon ancien bourreau m'avait écouté. Il avait l'air de retarder sa mort pour ne rien perdre de mes paroles. Ses forces l'abandonnaient. Il a dû intervenir avant la fin de mon discours. Il m'a tendu une enveloppe scellée, en balbutiant ces quelques mots :

« Quand tu le pourras, apporte quelques fleurs de chez nous à l'infirmière qui a bien voulu écrire cette lettre pour moi. Tu l'ouvriras seulement après ma mort, qui ne devrait point tarder. »

Il semblait vouloir ajouter quelque chose. Il en fut incapable. Sa tête roula sur l'oreiller. La garde-malade lui baissa les paupières. Il avait l'air d'un vieil ange qui reprenait son sommeil.

«Je n'ai jamais eu de patient plus gentil, me confia l'infirmière, la larme à l'œil. Je sais que les prétendus honnêtes gens le considéraient comme un bandit. Mais s'il y avait plus de bandits comme lui, la société se porterait mieux. »

Je quittai l'hôpital, bouleversé.

***

Pourtant, dans mon expérience brève de la vie, de la misère et de mes observations, plus rien ni personne ne m'étonnaient. Et bien peu d'adultes éveillaient en moi un intérêt profond : j'avais tellement l'habitude de les voir sous leur vrai jour, sans doute le plus insignifiant et le plus horrible.

Mais, du jour au lendemain, découvrir un personnage bienveillant, sage, bon, instruit, prudent, qui n'avait jamais su s'affirmer, au fond, malgré sa réputation du contraire, me stupéfiait. Et, plus épatant encore, je constatais que son vrai visage était plus beau que ne m'avait paru laide la façade de sa personnalité au temps de sa misérable puissance.

J'en conclus qu'il ne fallait jamais désespérer des hommes.

Descendant la côte de l'hôpital, sans regarder où je mettais les pieds, j'entendis tout à coup une voix familière :

«Tu as l'air perdu, remarqua tante Caroline, toujours là au bon moment. Monte dans ma vieille voiture. Fais un bout de chemin avec moi. »

Je m'assis près d'elle. Elle me donna un baiser sur le front. Puis elle ajouta :

«Qu'est-ce qui t'arrive, mon petit ? Tu sembles préoc-`cupé. Où vas-tu ?

— Comme vous le savez, je n'avais pas eu le choix. J'étais revenu à la ferme de Bardouche quand, une nouvelle fois, on m'avait chassé du collège. Il paraît que je pouvais déshonorer l'institution. »

En traversant le village, elle me posa mille questions sur mon avenir. Qu'est-ce que j'entendais faire maintenant ? Avais-je songé à devenir prêtre ? Ce serait beaucoup plus facile d'avoir de l'aide pour continuer mes études...

Je n'en savais rien. Pour l'instant, je rêvais d'étudier tout simplement. Je voulais me préparer une vie libre, utile, studieuse, simple et presque normale mais sans conformisme. Jusqu'à ce jour, je n'avais connu que servilité, humiliation, résignation, arbitraire, stupidité, misère et même méchanceté. Je cherchais un moyen d'en changer.

Brusquement, comme si elle ne m'avait pas écouté, Caroline passa à un autre sujet de conversation. Elle n'osa me demander si je n'avais pas envie de suivre les traces de Bardouche, elle se contenta de s'enquérir de sa santé.

« Il était très malade, vous savez. Il vient de mourir.

— Pauvre femme ! s'exclama-t-elle en pensant à sa veuve. La Providence la soumet à une bien grande épreuve. Car elle l'aimait, son Ésiof. Dis-lui que j'irai lui rendre visite bientôt. En attendant, si je puis lui rendre service, elle peut toujours me téléphoner. Je te laisse ici. Tu n'as plus beaucoup à marcher et je dois arrêter chez cette pauvre Blanchard qui est malade et qui se retrouve seule dans sa maison. »

***

J'arrivai près de la maison du défunt. Mme Bardouche, qui ne savait encore rien du décès, vint m'accueillir avec un sourire un peu triste.

« Comment va-t-il ? » s'inquiéta-t-elle.

Je n'eus pas le temps d'ouvrir la bouche. À mon air troublé, elle comprit. Elle éclata en sanglots.

J'essayai de la consoler en empruntant les paroles banales des adultes, dans les circonstances. Je ne savais point dire autrement :

« Au point où il en était, il est mieux au ciel. Son corps nous a quittés, mais son âme reste parmi nous. »

Je me sentais ridicule et gauche.

Heureusement, elle prêtait bien peu attention à mes propos. Elle se retira dans sa chambre. Quelques minutes plus tard, le cercueil arrivait et elle revenait suspendre un crêpe noir à la porte.

Elle reprit son fauteuil près de la table du téléphone. Elle ouvrit son répertoire d'adresses. Elle se mit à appeler parents et amis afin de leur annoncer la mort de son mari et les inviter à prier pour lui.

Pour toutes sortes de mauvaises raisons, la plupart d'entre eux s'excusaient de ne pouvoir venir dire un chapelet près de sa tombe. L'un souffrait d'une mauvaise grippe. L'autre devait rendre visite à sa femme hospitalisée. Une voisine n'avait personne pour la remplacer au comptoir de son magasin. Son beau-frère devait veiller sa vache qui s'apprêtait à vêler.

On ne se souvenait pas des bienfaits du disparu. Montrer de la sympathie envers la famille du défunt suspect pouvait s'avérer compromettant. Les nouvelles puissances du jour pourraient le savoir et en tenir rigueur aux sympathisants. Il valait mieux se tenir loin de la brebis galeuse de l'ancien régime.

« Vous savez, confiait une audacieuse et pieuse femme qui osa se présenter à la maison où était exposé Bardouche, votre mari a fait beaucoup de mal.

— Et beaucoup de bien aussi, répliqua vivement sa veuve.

— Et il était accusé de crimes très graves.

— Qui n'ont jamais été prouvés. Il n'a jamais subi de condamnation du tribunal. Et puis, n'a-t-il pas trouvé un emploi à votre mari ? Est-ce une mauvaise action ?

— Pardonnez-moi. Je suis allée trop loin. J'assisterai aux funérailles à l'église jeudi matin. »

À part celle de tante Caroline, en trois jours ce fut la seule visite au défunt le plus célèbre de la Beauce.

***

Après la célébration à l'église et l'inhumation au cimetière, je revins avec Mme Bardouche à sa maison. Je lui confiai que son mari m'avait remis son testament et une lettre que je devais ouvrir après sa mort. Je lui proposai de lire ce qui la concernait.

Le testament me cédait tous ses biens qui, hérités de ses propres parents, n'avaient pas été confisqués par la justice : la ferme et vingt-cinq mille dollars qu'il avait fait fructifier à la Banque populaire.

Comme Mme Bardouche n'avait aucun autre bien pour assurer sa subsistance et celle de ses enfants, je lui dis tout de suite que je renonçais à l'héritage en sa faveur, que je demanderais à l'abbé Justin de me servir de tuteur et que nous irions signer les documents conformes chez le notaire.

Elle n'avait pas à s'inquiéter de mon sort. Le directeur qui m'avait expulsé du collège venait de mourir d'une crise cardiaque. Il s'était repenti. On aurait dit que la *conversion* de Bardouche avait eu un effet d'entraînement. Il avait reçu l'absolution de son remplaçant, l'abbé Justin.

Maintenant, avec mon ami à la direction du collège, je pourrais y retourner sans problème.

Mme Bardouche versa quelques larmes en m'embrassant.

Puis, lentement, j'ouvris l'enveloppe qui m'était destinée. J'en retirai les feuilles. L'écriture était fine et bien lisible. Avec une insurmontable émotion, j'en entrepris la lecture.

***

Mon petit Jeannot,

Au temps de ma puissance et de ma gloire, mes compatriotes m'appelaient ironiquement le Pape *et, tu le sais, comme si tu avais été mon fils, on t'affublait du surnom de* Papuce.

Après coup, je suis fier de ce petit lien qui nous unissait un peu, quoique fort curieusement.

Sous l'apparence trompeuse d'un homme fort et franc, j'ai été un être menteur, veule et misérable. J'ai été lâche, faible, malheureux et pitoyable. Je renfermais mon désir profond de changer.

Je n'ai plus rien à perdre, ni argent, ni réputation, ni un cheveu, ni le respect des hypocrites. Je n'ai plus d'amis, à part ma famille et toi, je pense.

Je n'ai rien à gagner non plus, sauf peut-être le ciel, si Dieu veut bien me faire grâce malgré mon repentir de dernière minute et mon effort tardif pour réparer un peu mes bêtises, que tout de même je regrette vraiment.

Une dernière fois je te parle, mais c'est la première fois que je le fais sans détour, du fond du cœur. Quand on n'en a pas l'habitude, c'est un exercice bien pénible.

J'ai corrompu les corruptibles, dont la plupart se disaient honnêtes gens. Ils se plaisaient au jeu. Ils adoraient la tricherie et la trahison. Ils débordaient de déloyauté. Avec enthousiasme, ils passaient du village légitime de Sartigan au Village des Papes », de l'église au bordel, de la vertu au vice et de la prière aux plaisirs interdits. Vraiment, ils me dépassaient, moi, leur prétendu maître.

J'ai volé les voleurs. Qui, d'une manière ou d'une autre, n'a point volé un sou, une idée, une joie? le bonheur ou la paix du prochain? Oui! Qui n'a point dérobé quelque chose à quelqu'un: ce qui engendre tant d'inégalité dans le monde? Que celui-là me jette la première pierre.

J'ai soûlé les soûlards. Mais les brasseurs millionnaires qui, à longueur de jour, vous mettent leurs bouteilles sous le nez, que font-ils?

J'ai brutalisé les brutes, et quelques autres personnes en passant. Je le regrette pour ces autres.

J'ai tué par personne interposée. Je n'avais pas le courage de la société et de ses fiers-à-bras, de ses flics, de ses soldats et de ses bourreaux.

Comme d'une horloge maudite et bien réglée, j'ai fait le tour du Code pénal, guidé par la patte bien graissée de mes avocats et protégé par des juges complaisants.

Dans mes marchandages honteux, toujours je trouvais preneur.

Mes victimes autant que mes complices m'enviaient. Ils voulaient me singer et même prendre ma place. Ils n'avaient pas l'audace de commettre mes délits, mais ils s'empressaient de ramasser à mes pieds les miettes de mon pain criminel.

Tu te souviens du journaliste Vanbir qui brûlait d'être mon sosie. Il était prêt à vendre son âme au diable pour y parvenir.

J'ai raflé et j'ai gaspillé beaucoup d'argent. Avec raison. Avec passion. Car je le méprise.

J'étais heureux d'acheter les hommes à plus vil prix que les navets. Peut-être n'y a-t-il pas tellement de différence entre eux, sinon que ces braves plantes ne se vendent pas.

En réalité, j'étais vénal, lâche et bonasse par surcroît. J'étais étrangement sans caractère et sans haine. Qui l'aurait cru, n'est-ce pas ? Qui se rend compte de la poltronnerie et de la fragilité des criminels qui commettent les délits, et que la société fabrique à son image ?

J'étais comme tout le monde, alors que tout le monde me pensait bien différent. Et j'abusais de cette artificielle différence.

Il me manquait la volonté de bien agir. Il est tellement plus facile de se laisser aller au mal. Ainsi est-il agréable de pouvoir compter sur le silence coupable, la solidarité sinon la complicité profitable et la perfide admiration de l'univers.

Faire le bien te rend sujet de critiques méprisantes et de calomnies virulentes, du moins le croyais-je. On te dit alors que tu fais simplement ton devoir et on s'en moque. Si tu commets une erreur, c'est ta faute. On te ridiculise. On t'accable. On se débarrasse de toi à la première occasion. Aussi ne me paraissait-il pas encourageant de me conduire en honnête homme.

Au contraire, on le sait, le peuple adule les bandits chanceux ; ceux qui, impunément, transgressent les lois, se moquent de l'autorité comme de la justice avec succès. On les applaudit.

J'en sais quelque chose. J'ai été comblé d'éloges, de faveurs et d'honneurs, à tort et à travers. J'ai enrichi ma collection de vrais diplômes d'une collection de doctorats honoris causa innombrables. Aux spectacles artistiques ou sportifs, j'ai toujours occupé la première place à côté du premier ministre.

Partout, en tout temps, on cherchait à me flatter, à m'être agréable, tout en me montrant une indicible déloyauté.

Pourtant, si on avait voulu me rendre service, on aurait dû me traiter en criminel que j'étais. Peut-être alors aurais-je eu l'idée de revenir plus vite dans le droit chemin, au risque de poursuivre à peu près seul ma route d'homme intègre.

J'étais charitable quand c'était glorieux et payant de l'être, par distraction et aussi, parfois, mais rarement, par principe. Qui peut se vanter de sentiments purs ?

J'incarnais la puissance et la terreur. C'était faux. Seul l'avachissement du monde me permettait de le laisser croire.

Aujourd'hui, je voudrais bien changer cette image, me montrer comme je suis au fond de moi-même : faible, doux, bienveillant, amoureux de la vie intellectuelle et des livres, respectueux des valeurs spirituelles que m'avaient inculquées mes parents. Tout le contraire de l'illusion que je donnais de ma personnalité. J'aimerais, en même temps, faire amende honorable. J'ai le goût de me rallier au dicton selon lequel il n'est jamais trop tard pour bien faire.

Oh ! combien je souhaiterais voir les hommes vivre de paix, de confiance, de gentillesse, de tolérance et de bonheur ! Sans cruauté. Sans mesquinerie. Sans méchanceté. Sans fusil. Sans blasphème. Sans rideaux. Sans exclusion. Et, si j'ose dire, sans réserve. Loin des tripots avilissants. Loin des usines abâtardissantes. Loin de toutes les pollutions. Tout près de Dieu, des fleurs, des arbres, des ruisseaux, de la neige pure, du soleil et des cœurs.

J'aimerais voir les gens vivre le cœur sur la main et que tous le sentent.

Dans ma tombe, je l'espère, j'emporte tout le mal de la terre humaine, le mien et celui des autres si possible. Presque volontiers j'irais en enfer, pour libérer les miens des malheurs et des misères que je leur ai apportés.

Je souhaite à mes prostituées de retrouver une famille, l'affection et la dignité dont injustement elles ont été privées.

J'aimerais participer à la tâche exaltante et libératrice du nouveau gouvernement. Construire avec lui un pays ouvert, tolérant, généreux, paisible et fraternel. Je me dévouerais au nettoyage des écuries sociales que j'ai moi-même salies.

Ah ! si les hommes s'abandonnaient au meilleur d'eux-mêmes, aux poètes qu'ils se retiennent d'être ! S'ils pouvaient s'émouvoir en se penchant sur une rose ! S'ils se contentaient de lécher la sève des érables purifiants ! S'ils respectaient la seule loi qui rendrait toutes les autres superflues, qui compte dans la société : aimer Dieu et son prochain. Et s'ils se plaisaient à rêver aux étoiles ou simplement à rien du tout !

Qu'ils seraient heureux ! Sans doute retrouveraient-ils la joie de vivre. Ils profiteraient de la beauté et du bonheur qui bordent la route des hommes qui ont grand cœur et bonne conscience.

***

Mon cher petit Jean, je t'entraîne bien haut moi qui, des années durant, à contrecœur, t'ai traîné dans la fange. Je n'ai pas d'excuse.

Je refoulais mes élans profonds. Je me croyais contraint de hurler avec les loups.

Dans ma société, dans ce casino de politiciens véreux, de juges iniques, de mafia respectée, de profiteurs et de chenapans de tout acabit, je me servais de tous mes pouvoirs ou de toutes les combines pour gagner au jeu.

Mais tu te tenais à la porte. Tu étais toujours là, sur place, ou dans mon esprit. Tu me surveillais. Tu m'agaçais. Tu m'embêtais. Tu me faisais honte. Franc, pur et bon, tu m'apparaissais un reproche vivant. Tu me rappelais les vertus de mes ancêtres que je ne parvenais pas à oublier.

Comme je te l'ai dit, chassé de l'université, je suis devenu comédien au théâtre comme dans la vie.

Tu étais au contraire franc et sérieux. Tu m'embarrassais. Je te souhaitais la misère. J'ai même rêvé à ta mort pour ne plus t'avoir sous mes yeux. Je m'acharnais à te priver de l'école, ta très chère ambition, dans l'espoir que tu en crèves. Et moi, en secret, je me suis toujours délecté de la lecture.

Tu m'avais volé mon idéal. Je te haïssais autant que je t'admirais et que, au fond, j'avais envie de t'aimer. Pour avoir moins honte de moi, je cherchais à t'abaisser à mon niveau.

Tu résistais comme un érable sain dans une forêt pourrie. Tu ne pliais même pas. Et souvent même tu avais un geste de mépris ou de pitié. Sans le savoir, tu étais le plus fort.

En mon âme et conscience, tu m'impressionnais. Mais je n'avais pas le cran de le laisser voir. J'avais une image à préserver, une carrière à réussir.

Comprends, si tu le peux, cette incroyable lâcheté.

J'ai maintenant la singulière audace de te demander de jouer à ma place le personnage simple, bon et cultivé que toute ma vie j'aurais voulu être ou paraître. Observe la seule loi qui compte et peut justifier toutes les autres : l'amour de Dieu et du prochain. Je ne le répéterai jamais assez.

La tête haute, sans faveur, par la grande porte, tu pourras maintenant rentrer au collège Botrel dont tu as été chassé par la faute d'Ernest Renan et la mienne. Ce qui me donne l'occasion de faire une mise au point.

Mon nom d'Ésiof Bardouche était faux, comme tout le reste de ma personnalité apparente. Je me nomme Albert Renan. Mes ancêtres sont venus de Bretagne au siècle dernier : ils étaient de la même famille qu'Ernest dont, évidemment, j'avais lu les livres quand le directeur t'a chassé du collège pour avoir eu entre tes mains sa Vie de Jésus : il aurait sûrement fait une crise d'apoplexie s'il avait connu ma véritable identité.

J'espère que tu iras prier sur la tombe de mes parents et de mes ancêtres.

Considère Mme Renan, Cécile Bardouche, comme ta seconde mère. Je sais qu'elle t'aimera autant que ses autres enfants.

Je sais que tu ne te vengeras pas sur eux du mal que je t'ai fait. Excuse-moi de te faire pareilles considérations : je me sens très fatigué. Autour de la maison, cultive les perce-neige, les tulipes, les lilas, les muguets, les roses, les lys blancs et les pensées.

Garde jusqu'à sa mort ce brave Miro. Jamais un être humain ne te sera aussi loyal que ne l'est ce chien exceptionnel.

J'adore les fleurs. De temps en temps, si tu le veux bien, pour me reposer des pissenlits du cimetière, apporte-moi des violettes.

Dans la vie, ne fais point comme moi et tu feras bien. Tu seras heureux. Rappelle-toi ce qu'Ernest Renan a écrit : Le bonheur, c'est le dévouement à un rêve et à un devoir.

Arrange-toi pour laisser un monde meilleur lorsque tu devras le quitter à ton tour.

Sois inlassablement bon envers et contre tout et tous. Ainsi permettras-tu aux autres de se sentir un peu moins malheureux et connaîtras-tu tout le bonheur possible sur cette terre.

Joseph Dulac, je lui pardonne et je le comprends : il ne m'aimait pas du tout. Il détestait ma conduite. Il m'en voulait à mort, comme il l'a prouvé. Il avait raison. À son alcoolisme, j'avais ajouté mon influence néfaste. Il avait terriblement souffert à cause de moi. Je suis en grande partie responsable de sa vie gâchée.

Adieu ! Je m'en vais retrouver Isabelle, ta mère, que je n'ai pu m'empêcher de séduire un jour.

Pardonne-moi, Jeannot, mon fils !

Je t'aime.

> *Ton père,*
> **Bardouche** *ou plutôt Albert Renan.*

Table des matières

Préface 7

Prologue 11

CHAPITRE PREMIER
Le collège 13

CHAPITRE II
Le roi de la Beauce 21

CHAPITRE III
La vie angélique 47

CHAPITRE IV
Le village à deux faces 71

CHAPITRE V
Au sommet de la puissance et de la gloire 141

CHAPITRE VI
Le petit mulot 159

CHAPITRE VII
Nouveau régime 175

CHAPITRE VIII
En quittant ce monde 183